麦本三步的喜爱之物

麦本三步の好きなもの

〔日〕**住野夜** 著

牟莉莉 译

Yoru
Sumino

湖南文艺出版社
HUNAN LITERATURE AND ART PUBLISHING HOUSE · 博集天卷 CS-BOOKY

麦本三步の好きなもの by 住野よる

MUGIMOTO SANPO NO SUKINAMONO

Copyright © 2019 by YORU SUMINO

Original Japanese edition published by Gentosha, Inc., Tokyo, Japan

Simplified Chinese edition is published by arrangement with Gentosha, Inc.

through Discover 21 Inc., Tokyo

著作权合同登记号：图字 18-2021-022

图书在版编目（CIP）数据

麦本三步的喜爱之物 /（日）住野夜著；牟莉莉译
. -- 长沙：湖南文艺出版社，2021.8
ISBN 978-7-5726-0250-4

Ⅰ.①麦… Ⅱ.①住…②牟… Ⅲ.①长篇小说－日本－现代 Ⅳ.①I313.45

中国版本图书馆 CIP 数据核字（2021）第 123880 号

上架建议：畅销·日本文学

MAIBEN SANBU DE XI'AI ZHI WU

麦本三步的喜爱之物

作　　者：［日］住野夜
译　　者：牟莉莉
出 版 人：曾赛丰
责任编辑：刘雪琳
监　　制：邢越超
策划编辑：李彩萍
特约编辑：汪　璐
版权支持：金　哲
营销支持：文刀刀　周　茜
封面设计：梁秋晨
版式设计：李　洁
封面人物：MOMOKO GUMi COMPANY（BiSH）
封面摄影：Kenta Sotobayashi（RIM）
出　　版：湖南文艺出版社
　　　　　（长沙市雨花区东二环一段 508 号　邮编：410014）
网　　址：www.hnwy.net
印　　刷：三河市中晟雅豪印务有限公司
经　　销：新华书店
开　　本：875mm×1230mm　1/32
字　　数：136 千字
印　　张：7.5
版　　次：2021 年 8 月第 1 版
印　　次：2021 年 8 月第 1 次印刷
书　　号：ISBN 978-7-5726-0250-4
定　　价：49.80 元

若有质量问题，请致电质量监督电话：010-59096394
团购电话：010-59320018

目 录 C o n t e n t s

麦本三歩の好きなもの

麦本三步 **喜欢走路**

有个叫麦本三步的女生。

如果向不了解三步的人打听她是个怎样的人，大家可能会这样介绍她：总是在发呆，总是在狂吃，是个马大哈，是个小糊涂虫。

对此，三步本人完全不予认同。尽管自己心里有数，可就是没办法接受，她还是希望大家能说得委婉些。

三步认为自己是这样的人：能全神贯注地做事，懂得品尝美食，偶尔会犯一些小小的错误。不过对于糊涂虫的评价，一时间还真找不到别的说法，但三步认为大家总是把事情往不好的方向评价。

然而三步自己也意识到，自己是真的经常因为犯错误、发呆、做事稀里糊涂、忘东忘西而被身边的人教训，似乎每天都会遭到前辈们的"暴击"。当然，今天也不例外，三步很是沮丧，无精打采。

三步好歹是个女生，像现在这样走在黑暗的道路上，或者在非常安静的地方时，她会时刻保持警惕，以防飞来横祸。然而，她在职场上总是躲不过前辈们的魔掌。

三步晃荡着手里的便利店袋，拖着沉重的步伐，走在回家的路上。明天会不会肿起来呀？她抚摩着今天挨打的头部。实际上，前辈只是手掌边碰了一下她头顶，连头发都没有弄乱，哪里会肿起来呢？然而拥有职业摔跤手意识的三步，作为受到攻击的一方，居然大声惨叫："啊——被打啦！这是暴力事件！我要赔偿！反对战争！"不知道为什么就开始脑补示威游行的画面。

实际上错的是三步。午休时，端着在休息区泡好的热咖啡，却没有注意到脚边的纸箱，于是惨烈地摔倒在地。糟糕的是刚好有文件资料放在那里，真是祸不单行……"先把杯子放在自己的座位上，再去收拾！"前辈压低声音怒斥道，同时忍不住拍打了三步的头，好让怒气得以完全消散。

三步一边嘟囔着，一边打开刚才在便利店买的饭团——鲑鱼味。晚饭等一会儿回家再做，但现在肚子就开始饿了。之所以选鲑鱼味道，是想着可以通过补充蛋白质将被"拍扁"的大脑恢复原样。扁也好恢复也好，都随三步的心情。

三步选了撕开包装袋海苔就已经包在饭上的圆饭团，而不是要自己用海苔包的三角饭团。她既喜欢脆脆的海苔，也喜欢这种黏在米饭上的软海苔，大口咬下去，能感受到软软海苔下的颗颗大米香味，鲑鱼的鲜味也扑鼻而来。咀嚼两三下，嘴里便充满了鲑鱼饭团的味道。

"嘿嘿，好吃。"

三步的心情转换就这么简单。

第二口，因为吃的方法不对，海苔粘在了牙龈上。她拼命地想用舌头舔下来，却怎么都办不到。没有办法，只能用手去剔掉。刚好此时，穿着高中制服的男生从面前走过。比起羞耻感，渐渐放松的心情和鲑鱼饭团的美味占据了上风。

吃完饭团后，之前前辈们做的事，已不值一提了，这就是三步的优点和缺点。

脚步变得轻快的三步，元气满满地走在回家的路上。路过国道和住宅区，从车站到家大概要走二十分钟。今天也是穿着工作用的灰色平底鞋，一步步往前走。三步觉得鞋子上大大的N很可爱，特别偏爱这个牌子。

三步喜欢的是走路这件事本身。

现在是从工作的地方，有目的地往家走。即便在平常，三步也经常在家附近闲逛，优哉游哉地逛，这样确实容易被当成奇怪的人。事实上，因为好几次从同一家门前路过，她曾被在院子里玩的小朋友们疑惑地注视过。当然，对上眼的瞬间三步就跑了。要是父母出来的话，还真不知道怎么解释。

至于为什么喜欢走路，三步认为纯粹是只需要把腿向前迈就行了，尽管听上去是如此没有意义、傻傻的，但三步是非常认真地这样认为的，甚至认为这种没有意义才是至关重要的。

不知道在哪儿是谁曾这样说过：能漫无目的地散步的人才是有价值的人。

尽管到现在还没理解这其中的含义，三步却非常喜欢这句话。从某种意义上说，她自己也是唯一能毫无目的地闲逛的人。每每想到这句话，她就会在心中摆出得意的表情。之所以只在心里得意，是因为告诉了身边的朋友们之后，朋友们会吃惊地离她远去。三步也正是在那个时候明白了，不是什么话都可以说，不是什么事都能与人分享。

总之，三步认为轻松无意义的事才是最重要的事，无意义不等于不重要。同时，无意义也不是为了衬托有意义而存在的。正因为有无意义的日常，才会让有意义的日子显得重要吗？并不。

无意义的日子和有意义的瞬间都很重要，这才是最好的，三步悠闲地想着。

　　对，所以在职场上无私贡献的前辈和被大家认为缺点多多的自己，都是非常重要的存在。这样不就很好嘛，三步得意地自我肯定着。

　　今天的三步可能也会毫无目的地闲逛着回家，毫无意义地尝试用筷子吃咖喱饭，毫无意义地先从手臂开始泡澡，毫无意义地只是看着文字滚动的视频，毫无意义地换床头方向睡觉。

　　三步在日常生活中就因为这些小事而乐不可支，而今天也充斥着她的喜爱之物。

麦本三步　**喜欢图书馆**

麦本三步读了十七年的书。小学、初中、高中、大学、大学毕业之后，三步还是继续每天去学校，她并不是考上了研究生。如果和朋友们说起现在每天还去学校，大家都会逗趣地回道："原来你那么爱学习呀？"但其实她并没那么喜欢。明明不喜欢，但现在每天去学校成了她唯一的特别之处，说起来不禁有些可悲，关于这个先暂且不谈吧！

三步在大学里面上班，在大学里一座安静高耸的建筑物——大学图书馆里上班，三步在这里度过被训斥、被称赞，然后又被训斥的每一天。

虽然很讨厌被训斥，但三步基本上还是很喜欢在图书馆工作的。因为喜欢书，在大学的时候就通过了图书管理员考试。如果想做能与书接触的工作，除了当图书馆职员，也可以去出版社或者书店，三步之所以选择了当图书管理员是因为这里的味道。

　　三步从小就经常去图书馆。喜欢书的同时，也喜欢推开门的瞬间所感受到的跨越过去与未来、跨越遥远的大海，属于图书馆的特有的味道。长大后，三步了解到图书馆也收藏着很多古老的书，那些书的纸张、墨水和书店里不会有的尘埃，不仅没有令三步望而却步，反而使她更加兴致勃勃。对三步来说，无论活到几岁都一定会被这种跨越时空的味道吸引。进入大学图书馆工作可能是一种缘分吧，但细想可能是被充满历史感的图书馆召唤而来的也不一定。

　　能在喜欢的环境中工作是幸福的。尽管如此，工作毕竟还是工作，不能随心所欲。

　　今天上午又犯错了，被领导十三名工作人员的男上司叫去，狠狠教训了一顿。这位上司戴着眼镜，平时可是非常温和呀，可见事态有多严重。平常在午饭时间前十分钟就开始蠢蠢欲动的三步，今天却紧闭嘴巴，皱起了眉头。不是在假装心情低落，三步可没这本事，她只是深感现实社会的艰难。

　　正在休息区准备打开午餐便当的温柔前辈，看到惆怅而来的三步，忍不住惊讶地问道：

　　"三步酱①，你怎么了呀？"

_____

① 日语"ちゃん"（对人的亲切称呼）的音译。——编者注（若无特殊说明，脚注均为译者注）

"工作这回事，真是很难……呃……"三步说着说着竟然咬到了舌头，温柔前辈大笑。

"三步你呀，先不说工作，其他事情对你来说也很难吧！"负责指导三步工作的可怕前辈进入休息室，面无表情地边说边从三步身后走过。三步惊讶地回过头，可怕前辈早已离开，正一边解开工作围裙，一边向更衣室走去。

确认可怕前辈离开后，三步顿时松了一口气，回头刚好撞见温柔前辈正偷笑着。

"又犯了什么错呀？"让人忍不住想要回答任何问题的甜美微笑。

肯定有很多男人因这微笑而神魂颠倒吧，三步边想着边原谅了偷笑的温柔前辈。

休息室里放置了为午餐而设的桌椅，三步刚要坐下，突然发现自己忘拿东西了。

她向温柔前辈宣告要去拿便当后，便向更衣室奔去。

还好可怕前辈已经不在更衣室了，两个人不用在这狭小的空间里尴尬地待着，感觉真是太好了。尽管如此，三步还是紧张地捂着胸口，以防万一。

从背包里拿出便当，回到休息室后，温柔前辈依然面露微笑，可怕前辈则安静地坐在一边。

　　两位前辈的休息时间常与三步的重合，最近像这样三人在
一起的时候，话题几乎都是围绕着三步展开。不管聊些什么，
能这样聊天本身还是很愉快的事情。

　　刚才三步打算坐下的位置，刚好在可怕前辈的正对面。说
实话，三步想换到温柔前辈正对面的位子，但还是没胆量当着
可怕前辈的面换，所以乖乖地坐了下来。

　　"三步酱，你把老师给绊倒了？"

　　面对温柔前辈投来的问题，三步面不改色，本想说自己
并非故意犯错，但又觉得这样说不太好，于是暧昧地回答道：
"嗯……算是吧……"

　　"就算再着急，也要小心点啊！还有，不要再做些莫名其
妙的举动！"

　　"莫名其妙的举动！"温柔前辈尽量忍住，控制着音量地
拍手大笑。虽然爆笑声缓和了当下的气氛，但可怕前辈的本意
并非如此。

　　"莫名其妙的举动"其实也没那么奇怪。就是蹲下来做事
情的时候被人叫到名字，为了尽快跑到需要帮助的人的面前，
不自觉地做起了助跑姿势。就是那个时候，向后伸展的脚绊倒
了刚巧路过的大学老师。也没那么严重啦！就是眼镜被撞飞而
已，还好地面是软软的地毯。

"绊倒老师的确失礼……"三步本想让前辈看到自己反省的态度，没想到可怕前辈理所当然地吐槽道，"不管是谁都不该这样！"三步本想再说如果是运动部的学生们，说不定就不会被绊倒，但还是放弃了，因为前辈太可怕。

"没事没事，三步酱的话，大家都会原谅的！"面对温柔前辈的安慰，可怕前辈也没有给予附和。三步默默地低下头，打开便当。

三步的午餐大体分为便当日、便利店日和食堂日。有前一天心血来潮做便当的时候，也有前一天甚至是当天觉得麻烦，不想做便当的日子。对三步来说，一周里一半的日子都能亲自做便当是件非常了不起的事，所以期待着有人会表扬一下自己。然而，会去表扬他人日常生活的人基本上是不存在的，所以三步就放很多自己喜欢的食物来自我表扬。

今天的便当分为两层，上层有冷冻汉堡肉、玉子烧，还有在便利店买的拌菠菜，下一层装满了白米饭。

三步悄悄地打开海苔鸡蛋调味料袋，撒在白白的大米上，突然头顶传来可怕前辈的叫唤声："那个……三步……"

"啊？"三步发出奇怪的声音。抬起头，看见可怕前辈正在打开便利店的沙拉。

"要番茄吗？"

"要……要……"三步又咬到舌头了。

可怕前辈不喜欢番茄，这点反而让人觉得她可爱。可怕前辈用一次性筷子夹起番茄向三步的方向递去。要怎么接呢？不能用筷子，以前还因为用嘴巴直接去接而被训斥过不雅，又不想让新鲜的番茄和其他的菜味混合在一起。没有办法，三步只好将手做成碗的形状伸向前辈。可怕前辈不禁扑哧一笑，然后将番茄放在沙拉的包装盖上，递给了三步。

先不管三步怎么想的，前辈们还是像爱护小动物一样关爱着她。和前辈们一起度过的又快乐又害羞又紧张的午餐时间很快就过去了。稍微读一会儿书，再无聊地休息一会儿，午休时间也很快结束了。

又要开始工作了啊，像有社会经验的人一样，三步边想着边进入了图书馆的服务前台。和三步交班后马上要去休息的另外一个前辈正朝自己走来，三步在心中称她为古怪前辈。

"三步……前台累积了好多归还图书，把它们放回书架上去吧。另外，顺便把寻找这本书的任务交给你啦，啾啾！"

古怪前辈把写有书名、作者等书籍信息的字条交给三步后，捏了两下三步的鼻子就去休息了。三步一直以来在不影响正常生活的前提下，与他人保持一定的距离感。但她不知道古怪前辈到底在想什么，这让她感到困惑。不知所以的三步也捏了一下自己的鼻子，然后和前台的同事们打了一声招呼，准备去把书放回书架。

"不要再把人绊倒了哦！"

组长开玩笑似的提醒着三步，在场的同事们则极力不发出声音地偷笑着。三步逃跑般地推着放满书的推车，逃离了现场。

把书放回书架，简单说来，就是把图书馆新引进的书或者租借者们归还的书，按照正确的分类顺序重新放回书架。专业术语叫作"归架"，三步第一次听到这个词是在大学图书管理员考试课上。

三步很喜欢把书归架的工作，因为可以在图书馆内来回走动，不用时刻被前辈们盯着，也不用在前台接待读者。除了这些负面理由，也有正面的理由，那就是可以看着书平安无事地回到自己的"家"。

在图书馆其实有很多书不知所终。其中有些书是因为一直没有被找到，所以管理员们不得不删除录入电脑的收藏数据。三步每每想到那些迷失方向、无法回家的书，就感到心痛。

所以将书放回书架，看到它们回到自己应该在的地方，三步便会感到安心和快乐，很想对着书道一声"欢迎回来"。三步曾因为这样自言自语而被读者用惊恐的眼神盯着，自那之后她便决定再也不这样做了。

　　三步推车坐电梯来到四楼，四楼排列着放置字典等大型书籍的书架。因为这里的书基本上是不对外借出的，所以她很少会来此归架。今天是因为有一本刚购入的百科全书要放入书架才会来这里。

　　来四楼的读者也很少，这里的安静让三步得以暂时从繁忙中抽身，只是在书架之间深呼吸的时候，可能会被灰尘呛到，这点要格外注意。

　　喀，喀。

　　百科全书的书架上摆放着能用来锻炼身体的大部头图书。三步好不容易腾出位置，将新来的一册放了进去。也许是心理作用，三步觉得书们看上去也因为新伙伴的加入而心情愉悦。

　　三步接着推车坐电梯来到三楼。古怪前辈给的字条上清楚地写着用阿拉伯数字、英文字母给书籍分类的编号。900开头的是小说，应该放在三楼。不在对应位置的书也随处可见，大多是因为看错分类号，或者是读者随手放在了那里。三步觉得虽然有些麻烦，但这种程度还是可以接受的。

　　三楼的人就相对较多了。有图书馆的常客，也有之前没见过的读者。拜托大家，千万别做出违反图书馆纪律的行为啊，三步边想着边紧张地进入开架区域。违反纪律行为本身令人困扰，因为工作关系不得不去提醒对方这点更让三步觉得为难。

特别是有些行为在外面不算违反常识，但在图书馆就是被禁止的。例如，在图书馆喝矿泉水等。要是碰上之前遇到过的在图书馆吃泡面的家伙，那还能理直气壮地提醒。实在不行，只要让可怕前辈来，就能一击即中。

三步一边觉得不应该把读者想成蟑螂，一边把三楼的书认真地放回原位。全部完成后，她把推车停放在楼层的角落处，开始找被前辈拜托寻找的书。图书馆的书架侧面都标有书籍的分类号，所以很快就能锁定大概范围。"在这里，在这里……"三步一边小声嘟囔着一边转弯靠近了书架，发现一位棕发女生刚好蹲在书架前。

刚开始三步还担心女生是不是身体不舒服，后来看到女生把食指放在书脊上，正认真地确认着书名，才明白她可能正在找寻想要的书。

当三步也站到同一个书架前时，她仿佛感到棕发女生偷偷瞅了她一眼。为了避免对视的尴尬，三步也开始认真地寻找她要找的书了。

然而……"小姐姐。"被突然的呼唤声吓到，三步极力抑制住就要脱口而出的尖叫，还好没有违反图书馆保持安静的纪律。三步出了一身冷汗看向旁边，刚才的棕发女生突然站在了她的眼鼻之下，三步不禁发出"天哪"的悲鸣。已然出了声，尽管无济于事，但三步还是立刻捂住了自己的嘴巴。女生困惑地看着三步，强忍着不笑出声音。还不是因为你突然搭话，我才会叫的呀，三步默默地将自己的过度反应归咎于他人。

"没必要那么吃惊吧？"

"是，是，是你突然搭，搭话的呀！"

"但是图书馆不是禁止大声说话嘛，就像你刚才那样。"所以才靠近小姐姐你说话呀！

三步立刻小心翼翼地辩解道："可，可我刚才控制住啦，没叫出太大声呀！"

叽叽喳喳地，像小鸟在争吵一样，两人你一言我一语地窃窃私语。

"话说，是，是有什么事需要帮助吗？"三步调整状态后问道。

尽管被女生吓到，还被嘲笑，但对方毕竟是读者，虽然不用像对顾客一般毕恭毕敬，但该有的敬意还是要有的，这点三步还是知道的。

"啊……我在找一本书！"

"原来如此，那请问是哪本书呢？"

"嗯……啊，对，是这本。"三步看向递过来的手机屏幕。

是亚马逊的书籍介绍页面。咦？这不是那本书吗？

三步确认了一下手中的字条，然后退后一步认真地向女生鞠了一躬。之所以保持了一定距离，是为了不让自己的头撞到女生。一个月之前就是因为这种失误而被教训过。

"非常抱歉，我们也正在找您要找的这本书。也就是说，这本书现，现在不知所终了。"

好不容易避免了撞到对方，结果说话又像舌头打了结一样。

以为又要被嘲笑的三步抬头看向女生，却发现她并没有笑，反而一副非常遗憾的表情。因为误会对方而产生的罪恶感在三步心里盘旋着。

"对……对不起！那……那个我们会努力寻找的！"

"怎么会这样啊？本以为你们是管理书籍的专家，原来也会有把书弄丢的时候呀！"

略带吐槽的语气像一把刀插过来，三步不禁发出了"呃……"的声音。也……也不用这么说吧？刚想跟女生理论，她又做出了意想不到的表情。

女生愣了一下。

"小姐姐，你没事吧？"

"没……没事，就是有把刀……"

"刀？"

"啊，没事，没事！"

　　原来如此，是这样的啊！这孩子不是要挖苦自己，只是天真无邪地说出了内心的真实感想。不过这种在不经意间伤到人的类型，三步还真有点不太擅长与其沟通。看着三步沉重的表情，女生又担心三步是不是不舒服了，三步立刻回复自己很好，然后作为大姐姐觉得有必要向女生好好解释一下。

　　"书找不到是有原因的。"啊，说话的语气不对，三步感到被刺伤的伤口再次被拉扯。

　　"大多数是因为读者没有将阅览后的书放回原位。这种情况只要拼命去找，还是可以找到的！"

　　"那有找不到的时候吗？"

　　"嗯，也是有的，借书手续如果出现失误的话，也会找不到！"

　　"啊，这怎么行啊？"

　　"呃……"第二刀又插了过来。虽然知道不该出现借书手续上的失误，但就这样被人当面指出，三步也是会受伤的。而且伤得很重，哦，请准备好担架。

　　"这样啊，好可惜，难得想找本书来读读呢！"

　　"……非常抱歉，我帮您从其他图书馆借调吧？"

　　"啊，还不至于啦，没关系！"

　　"这……这样啊！"不假思索地没用礼貌用语。

棕发女生似乎没有很介意。三步正在想是用表示敬意的表情，还是比较亲切的邻家大姐姐的表情来化解尴尬的时候，女生突然说："你，你现在是什么表情啊？"三步本打算放弃后者，选择礼貌的表情，但慌乱中还是选错了。

三步一边不停地变换着表情，一边回想书的名字。她们正在找的这本小说，三步曾经读过。

有人说能用二十个字来描述的小说就是好作品，所以三步仔细斟酌着该用哪二十个字来形容这本书。主人公为了重修旧好而四处奔走的真实故事。算上标点符号，刚刚好二十个字。

"我们会努力寻找的，能找到的话，下次见面时告诉您！"既不是预约图书，对方也没有要求找到后告知，保持一定距离感的回答会比较好吧，三步心里想着就这样说道，然而棕发女生噘起了嘴。

"可是，我不常来图书馆啊。"

"啊，这样啊。那如果刚巧遇到的话再告诉您吧！"三步微微点头告辞，重新开始归架工作。女生在这里没有找到的话，也就说明这边的书架是没有了，更重要的是，再纠结此事会耽误归架工作，还会被前辈责备。但是大部分时候，事情都不会如三步预计的那般顺利进行。刚想转身离开，又被女生一声"小姐姐"叫住，三步条件反射地回头，"咔嚓"一声，腰闪了。

"呃！"虽然三步发出了奇怪的声音，但棕发女生并没有偷笑或者吐槽。被嘲笑是很难堪的事，但对方什么反应都没有的话，也会让人莫名伤感。大人还真是让人搞不懂啊，三步心想。

"啊，还有什么事吗？"

"图书馆，很有趣吗？"女生一改方才的表情，看着三步，神情复杂。乍一看好像是羡慕，但又不知道有什么值得羡慕的，三步感觉怪怪的。

面对女生投来的问题，尽管无法详尽说明，但三步还是认真地回答道：

"我也不是很清楚，但只要在这里，我就能闻到美好的味道。"

三步诚实地回答。然而女生似乎对这一答案不是很满意，歪着头向三步的方向踱步而来。

天哪！要被不良少女打了！正常大人不会这样想的，这画面却浮现在三步脑海中，她下意识地用手臂保护好自己的脸和腹部。然而，女生只是无言地从三步的身边擦肩而过。把读者当成霸凌小孩，似乎有一种罪恶感在心中游荡。

"真，真的有好闻的味道。"

女生离开后，三步仿佛闻到一些香味，女孩一定喷了香水吧。

三步这么想着，闻着残留的味道，又匆匆恢复归架的工作了。

"啊！那个棕发女生，我上楼的时候，就在那里了。"

"呜……"

温柔前辈和古怪前辈的对话传到耳边的时候，三步正两手抱着书，嘴里还念叨着要公布的通告文件。

"嗯呜……"

三步的喉咙和鼻子发出应和似的声音。奇怪的鼻息声被古怪前辈察觉，因为鼻子被捏着而感到呼吸困难，三步就张开了嘴。看着通告纸要掉落，三步慌慌张张的样子，古怪前辈不禁大笑。很快两人都被可怕前辈口头提醒要注意言谈举止，三步还被轻轻地拍打教训了，好疼，明明没做坏事呀。

完成地下书库的工作，三步一边嘟囔着一边夸张地捂着头回到前台，向方才躲过挨打的古怪前辈询问起方才听到的事情。

原来是棕发女生在找那本书，正因为没有找到，才拜托三步去找的。刚才温柔前辈去楼上，发现女生还在。原来如此！完全不值得为此挨打嘛。看着三步不屑的表情，古怪前辈又开玩笑地让三步跳一支舞来作为分享信息的回报。三步竟真的跳了起来！看着滑稽的三步，古怪前辈又忍不住大笑，当然立刻又遭到身后可怕前辈的一记打。

算了，那个女生的事情就先放一边吧。又不是会欺负人的孩子，也没什么坏心眼。这样想着，三步就开始忙其他的工作了。三步完成电话督促未还书者的工作后，却听到温柔前辈一边轻笑一边谈到令人在意的话题。

"三步酱刚才提到的那个女生，可能不是真的想看那本书哦！"

三步追问是什么意思，但温柔前辈笑而不语地消失在二楼去工作了。三步不擅长应对故作明白却不明说的大人，但她很喜欢温柔前辈的这种笑而不语。

她忙完各种工作，不知不觉就到了快下班的时间。三步知道即使加班也不会拿到全额的加班费，所以她决定按时下班。有时候金钱是上班族的死穴。

今天最后一项工作是从教务科拿回寄给图书馆的信件。信件的数量通常很多，单用手是拿不了的，三步拿着与超市购物篮相仿的篮子，怀着像要去买东西的轻松心情走出了图书馆。已经是傍晚时分了，今天天气非常好，夕阳炫彩夺目。

这样的日子要是能坐在庭院的长椅上吃着糖果，该多么幸福呀！三步这样想着，却发现刚才的女生正坐在那里。嘴里叼着的不是糖果，而是插在果汁盒上的吸管。

"啊！刚才的小姐姐！"

吸管已经被咬得变了形。想起棕发女生方才不愉快的样子，三步适当地保持了距离。她实在无法像大人一样从容地微笑而过，就尴尬地笑着想赶紧溜走，却不想被女生叫住："等一下！"三步在心里给自己打气，走向棕发女生。

"啊，你好呀！"

"小姐姐，你脖子上挂的牌子上写的是本名吗？"

对于这个问题，三步并不吃惊。她从很小的时候开始，就经常被问到，就像打招呼一样平常。

"是的，我的名字就是麦本三步！"

"很少见的名字！"这次完全没有嘲讽的语气。

接下来大家一般会问名字的意思或者有关名字的有趣故事，对此三步早已做好了回答的准备。然而，棕发女生像是完全没有兴趣似的，转而问道："那本书找到了吗？"

"啊？啊！对……对不起，还没……"

"呼……"

三步再次道歉，女孩的回答听上去却好像并不是真的在乎书有没有找到。

"像小姐姐这种类型的女孩一定很受欢迎吧？"

"什么？"

让人完全摸不着头脑的问题。三步无名指的第二关节处发出了响声。

"没有的事，没有的事。"三步用尽全力摇着头，挂在脖子上的名牌也被摇得来回晃动。

"那，你没有男朋友吗？"

"这个……"三步不会说没用的谎言，"这个，现在是有啦……"

"看吧，果然！"

棕发女孩双脚不停地拍打着地面，三步突然明白了妈妈们的心情，真的好想大叫"不要再跺啦"！

"像小姐姐这样有点糊涂的女生才会受欢迎吧！"

"嗯……"

也没那么受欢迎，虽然如此也不能太过否定，要不然女生又要不爽地跺脚了。暂时先压住所有的情绪，简单用"嗯"做出了回复，也算做出了反应吧！

话说，女生又发出了刚才的"呼"声，原来是在咬吸管时发出的声音。三步发现自己方才会错意，不禁变得羞愧起来。

但也因为对方没有发现自己的误会而感到窃喜。

"咦，莫非你要找的那本书是关于恋爱的？"

"……呼……"

"啊，抱歉！"三步本是开玩笑似的询问，没想到还真是如此。看女生表情变得不太好，三步感到非常抱歉，还是不要再问了。三步迈开步伐准备向教务科走去。

"那……那我就先走了。"三步结结巴巴地说道,转身离开,心中略有不快。刚才还觉得自己不喜欢说话太直接,现在自己却做了同样的事情,三步真是个麻烦的人。自己让他人心情不悦,要是就这样离开的话,今天晚上肯定要因为这件事纠结得无法入睡。

"那……那个……"

三步回过头,棕发女生正准备站起身,等女生站好后,三步鼓足勇气说道:"你,你身上也有很好闻的味道哟。"

本来是想给女生打气的,本来是想说"比起我,你才更受欢迎哟",但想了半天挤出的话竟然是你有好闻的味道!什么呀!棕发女生好像也是这样想着。

"咦?"

被质疑的回答让三步内心受挫,实在没有勇气再说一遍,但至少要稍微解释一下,于是小声地说:"和图书馆一样,有着好闻的味道!"

这次又要被嘲笑了,绝对又要发出"呼"声了,不好的质疑的声音。

三步这样想着,小心翼翼地掀起下垂的眼帘,棕发女生微微一笑,好可爱。和突然对着读者说你很好闻的某个变态相比,可爱太多啦，三步这样想着。

"小姐姐，对不起。"

"啊？"

"那本书，有人正在三楼阅读呢！"

女生留下这句话，拿起果汁盒和书包，快速离开了。愣在原地的三步想着女生说的话，迅速朝图书馆跑去。前辈们问发生了什么事情，三步头也不回地奔向楼梯，只丢下一句："去三楼一趟。"

刚才的书，书名和分类号都还记着。三步快速地在三楼阅览席间走动，偷偷确认着读者们手里拿着的书。

找到了，在刚刚和棕发女生说话的书架附近，一位经常来图书馆的男生正在阅读。

三步又立刻快速向楼梯走去，嗒嗒嗒嗒嗒。下楼梯，嗒嗒嗒嗒嗒。

快步奔向一楼的前台，走向古怪前辈。

"书，书找到啦！"

"哇哦，三步好棒。但是啊，在玩老鹰捉小鸡的时候，要随时注意老鹰在哪儿呀！"

"什么？"三步不明所以地站在那里，古怪前辈指向她的身后，三步回过头。

"老鹰"在这儿。

"好疼。"今天第三次挨打，伴随着"不要跑"的怒吼声，降临到三步的脑瓜上。

"不，不是啊，我找到这本书了，想快点告诉棕发女生而已啊！"

"什么方式？难道要写信通知对方吗？"

"我……我现在去！"

在"老鹰"的指挥下，三步老老实实地又从图书馆出发，向教务科走去。

被登记为失踪图书的书找到了，三步度过了慌慌张张的一天。第二天，那本书终于平安无事地回到了书架。

三步又去做归架工作了。摸着被敲打过的脑袋，三步一边心想"哼！喜欢敲人脑袋的女人肯定不会有好下场的！"，一边乖乖地先去了四楼，然后又移向三楼。

三步一本接着一本像拼俄罗斯方块一样把书放回书架，来到了昨天遇到棕发女生的书架前。刚好在和眼睛高度一致的地方有一个空隙，有一本书应该放回去。咦？三步停下手中的动作。穿过这个空隙刚好能看到远处的阅览席。长长的书桌两边，两个孩子正面对面坐着。一个是昨天在看那本失踪图书的经常来图书馆的男孩。另一个是……

　　三步看着手中的书。嗯？难道是假装在找书，实际上一直在关注着喜欢的男孩，但没勇气上前搭话？又或者是吵架了？嗯……

　　哎呀，算了，不和当事人确认就永远无法了解的事情，自己在这里瞎想也是没用的，反正也没勇气再问。

　　三步顺势将手中的书放回方才的空隙中，小声说道："欢迎回家。"

麦本三步　**喜欢点缀**

麦本三步的视力比一般人的稍微好一点。这个结论只限于三步自己对一般视力的定义，那就是不戴眼镜也不会对日常生活造成影响，而如果戴了，眼前的世界会更清晰。将这种标准下的视力当作一般视力，那么三步两眼 0.8 的视力就是比一般的稍微好一些。

尽管三步期待着视力能更好，但事到如今讨论这个，似乎是件没意义的事情。现在的她只是一个半张着嘴巴，呆坐着茫然看向远方，不停摆弄着手指玩耍的无聊社会人。

三步现在身处一片漆黑之中。

直到刚才，三步还一直在地下书库认真地工作着。当她坐在查询用的电脑前，想找寻预约书籍的位置时，事件发生了。

"啪"的一声，"嗖"的一响，眼前的世界瞬间变得一片漆黑。

三步有些惊慌，但毕竟是大人了，很快就明白是停电了，她决定不轻举妄动，在原地等着来电。坐在椅子上按兵不动，这可以说是今天做出的最明智之举了吧。这件事稍后可以向前辈们报告以获得表扬，但估计谁也不会表扬自己吧！

停电啦，停电啦，停——电——啦——

"呵呵。"

好无聊啊！在连自己都看不清的黑暗中，障碍物也早已在双脚的摸索中被踢得老远了。不凑巧今天手机也放在了休息室的柜子里，三步真的如文字所表述的一样，手和脚都无事可做，只能滞留在原地想想无聊的笑话。

地下室当然是没有窗户了，没有了光源，眼睛也无法适应黑暗，视线范围只有 0 米。

作为一名图书馆管理员，三步终于想到一件重要的事情，并立刻采取了行动。

"有人在吗？"

三步大声喊叫，但声音好像被书海吸收了，没有回声，更没有人回答她，太好了。万一有读者被困在这里，突然听到黑暗中传来自己的笑声，肯定会感到很恐怖吧？而且刚才在脑海中浮现的各种无聊事情似乎也能穿透黑暗传递给别人，就算是三步也会觉得不妥。

想到这里没有其他人，三步有些不安地哼起了歌。她不是特别敏感的性格，但在这种不知道自己一个人要待多久的情况下，还是会感到寂寞，而且有些担心。

三步睁开眼睛，感觉自己就要悬空飘起来了。难道这是祖先们从外星球来到地球，身体还保留着在宇宙时的感觉吗？为了让胡思乱想的脑袋冷静下来，三步迅速闭上了眼睛。

情况没有发生任何改变，只是合上了眼皮而已。然而，三步却被一种奇妙的感觉侵袭。三步的心突然平静了，更加不可思议的是，她似乎感觉到什么东西消失了，这种感觉又无法用语言表达。

消失的，并不是黑暗。闭着眼睛的三步，如今是看不到任何东西的。那是当然，眼睛是闭着的呀。

那，消失的到底是什么呢？防御力？

三步不停地眨着眼睛，睁开，闭上，打开，关上；有，没有，有，没有。

就这样重复了一会儿，她终于明白了有的是什么，消失的又是什么。

睁开眼睛时看到的黑和闭上眼睛时的黑，是不一样的。

闭上眼睛的时候，眼睛看到眼皮的背面。睁开眼睛时，看到的是黑暗的空间。

黑暗是能看见的。也就是说，黑暗空间本身是物质世界。

不是因为没有光线而看不见，而是叫作黑暗的这种物质在自己的周围飘浮着，阻挡了身边的景色映入眼帘。

睁开眼睛，飘啊飘啊。

巨大的黑色怪物。

"要是能在黑色上加点什么，就更好看了呢！"

现在这种情况，自言自语也被黑暗吞噬了，谁也听不到。也不需要被听到，要是希望被谁听到的话就不是自言自语了。

三步厌烦了睁着眼睛，像拳击手一样与让自己感到不安的黑暗进行斗争，也对无止境的自言自语感到疲惫。于是她重新闭上眼睛，把自己交给了虚无。

回过神来仔细想想，三步才终于意识到，这次的停电事态非常严重。可能很长时间，都没有人会发现自己在这里。现在才开始思考这个问题实在有些奇怪，这是最开始就应该考虑的事情啊！

一两个小时还算好，但要是超过半天还没有人发现，那就糟糕了。不仅无法进食，要是想上洗手间了也是个问题。

而且今天还有些不得不完成的工作啊，家里还有一块今天就要过期的便利店蛋糕没吃呢！

"啊，没事，现在还没事。"

不知道是在和谁说话，三步在黑暗中，像接受采访时的企业社长一样，大肆挥动着双手，接着还微微调整了屁股在椅子上的位置。

但是在黑暗中什么都不做也没意思，血气方刚的三步双手在胸前交叉着，思考要做点什么。

闭上眼睛，黑暗消失了。自己喜欢的东西浮现在眼前。话虽如此，也不是想到了什么好吃的点心。啊……最爱的蛋糕卷。确实在休息室里……不对，现在不是想这些的时候，应该想想如何逃脱，或者利用现在的状况能做些什么。

午餐刚刚吃过咖喱饭。白色的米饭上点缀着鲜红色的叫作福神渍的小菜。比起棕色的，三步更喜欢红色的福神渍啊，虽然有颜色的食物看上去对身体不太好。先不管三步喜欢吃哪种，总之现在外面还是大白天，图书馆的读者应该很多，工作人员也很多，至少应该有谁会发现还少一个人吧。应该会来……的吧……一边质疑着自己的存在感和前辈们的狭小视野，一边想到可能为了服务读者，工作人员已经被安排到不同地方，三步不禁深感不安。

假设，假设不能期待前辈们的救援，那接下来该怎么办？逃离，逃离。嗯……一边念叨着，三步的右脚一边敲打地面，将黑暗一点一点扼杀。

实际上，三步脑海中已经有一个逃出这里的方法了。眼前的状况下，应该说办法就在裤子的口袋里吧。这也是刚才在假装社长回答采访，调整屁股位置时想到的。在还能忍着不去洗手间的三步的臀部口袋里放着钥匙串，刚才随着手臂的摆动，屁股一瞬间抬了一下，那个时候钥匙的角度变动了，再坐下去的时候，三步感到一阵疼痛。

自己肉感刚好的屁股被压红的事情暂且不论，因为有钥匙串在，才有了逃出这里的方法。开关书库大门的钥匙刚好在钥匙串中，用钥匙开门就能逃出去啦，这是理所当然的事情。

但是，正如大家所知，三步现在正被黑暗包围。她大概知道从坐着的地方到大门的路线。如果是直线距离的话，也不是不能走到的。只是，地上是否放着纸箱，途中是否放着用来运书的推车，这些细节三步回想不起来。

要是蹭着地面走，就算那些东西挡在途中，或许也能不被绊倒地绕过去。然而即使这样，也还是有问题。三步现在想到的画面，是在大概知道椅子和大门的位置关系的前提下推测出的。黑暗中，会不会微妙地走错方向，会不会运气不好地被夹在书架之间，又或者会不会迷路呢？要是走到比现在更难被发现的地方，那该怎么办？紧要关头没有椅子的话也会感到很不安全。

三步思考着自己和椅子之间的距离，如果鼓足勇气离开椅子行动的话，可能就再也回不到原来的位置了。

"……"

一瞬间，奇妙的记忆之门即将打开，三步全力阻止着自己胡思乱想。没关系，没关系，方法总会有的，谁都会遇到这样的状况。现在要做的不是左右摇头，而是点头假装自己能够接受，三步想方设法让自己保持平静。

三步决定和悲伤的记忆与椅子告别。再见了，拜拜。

突然移动是很危险的，先在原地站起来试试吧！脚上用力，身体向前倾，起立。黑暗之中，景色没有发生变化，自己是否站起来了，也只能通过身体的感觉来辨别。这样的状态比想象的要不安很多，三步又坐回去了。我回来啦，椅子！

通常都很优哉游哉的三步也意识到事态的严重。没有办法，虽然举止不礼貌，但也只能坐着椅子前行了。我们永远在一起哦，椅子。

刺刺刺，拖着椅子发出了巨大的声响，三步也被自己弄出的声音吓了一大跳。想到可以稍微抬起椅子，贴着身体走，于是立刻采取了行动，却没想到头撞到了书架。呃，好疼。

虽然很疼，但是能走到书架前真是太好了。这样顺着右手边走的话，就能准确无误地走到大门那儿了。

刺，咚，刺，咚……抬起椅子，屁股贴着，走几步便放下椅子，触碰书架。就像游戏中，不使用任何可以照亮黑暗的物品，摸索前行一样。是什么游戏来着？宠物小精灵？

就这样持续了一会儿，三步突然感觉到膝盖碰到了什么。一瞬间做好了忍受疼痛的准备，但又好像不是什么硬的东西，没有感受到疼痛。三步停在那里，用手去触碰膝盖接触到的地方。

上面的触感很柔软，下面的触感很僵硬。再仔细摸一下，有脚，还有靠背。终于知道是什么了，还是椅子。

但是这次的椅子不是普通的椅子，而是有滚轮的转椅。有了这个，不仅可以省去抬椅子的力气，还不用担心划伤地面。而且还是软垫，屁股也不会疼了。三步立刻做出决定，将自己的屁股移到新椅子上。对不起，之前的椅子，我喜欢上新的椅子了。

获得新的装备，三步开心地借助右手推书架，双脚贴地滑动，"嗖"的一下坐着椅子移动了起来。通常这时候三步都会得意忘形，然后出错、失败。受制于黑暗的环境，当她想脚蹬地面移动第二步的时候，脚的着地点似乎偏离了轨道，误踢到了书架。椅子就顺势从书架开始发射似的在书库中滑动，最后三步的小腿撞上了前方的铁架子。连叫声都还没来得及发出，三步便从椅子上滚落，蹲坐在地上了。可悲啊，三步，谁叫你得意忘形了呢！

　　脑海中顿时出现不雅脏话，同时在心中也发出"啊啊啊啊啊啊"的悲鸣声。有光亮多方便啊，那是当然的啊，连老天爷也在说要有光啊！

　　三分钟的时间，三步尽全力忍住要哭的冲动，稍微恢复了平静，然后朝书架应在的方向返回。小腿会痛，也就是说，是从腿肚子的朝向滑过来，然后撞到的，所以应该是这么走。在模棱两可的推测下，三步谨慎地滑动起椅子。

　　然而前方并没有书架。咦？奇怪！欸？黑暗中迷失方向的感觉让三步开始慌张，更重要的是"谨慎"这个词本身就和三步无缘。什么时候才能碰到书架呢？她伸开双臂快速地拉动椅子前进。终于手碰到东西了，太好了，再仔细用手触摸一番，居然是键盘，接着是电脑屏幕，而这层只有一台电脑。

　　"呃，怎么又回来了啊！"

　　脱口而出的声音被黑暗毫不留情地吞噬了。尽管非常失望，但叹气也没有用，已经是大人的三步深知如此。她再次向周围摸索，这次一定要找到书架。她用右手探索着，开始一点点前进，谨慎再谨慎。

　　对，就在摸索的途中，意外发生了。

　　三步突然感觉到至今未曾有过的呼吸困难。

　　难道是因为刚才的剧烈运动，又或是书库里的空气变得稀薄了？三步思忖着。

然而，并不是。

一直处于黑暗中的恐慌，以及不知不觉地轻声蹑脚走路的状态，在不断地侵蚀着她的心，并开始渐渐影响到她的身体。

三步缓慢地前进着，竟然与之前告别的旧椅子奇迹般地重逢了。她的大脑瞬间一阵发麻，一直以来刻意不让自己在意的一种感觉涌上心头。

恐惧。

只要有那么一瞬间意识到，这种感觉就会被不断放大，然后吞噬整个人，三步拼命驱赶着这种感觉。

好想快点离开这里。

终于这样想的三步挺起胸，暂时停止继续前进。要是惊慌失措时不小心受伤或者昏迷，情况会变得更糟。为了避免这样，三步先安慰自己目前遇到的不是什么奇怪的事情，然后深呼吸，闭上眼睛，不去看黑暗，让自己相信是因为喜欢才待在这里的。

话说小的时候就体验过类似的游乐项目，应该是在和家人一起去的科学馆。那是黑暗中的迷宫，尽管被告知在黑暗中乱跑会很危险，但三步还是不听话地到处乱跑，好多次肩膀撞到了墙壁。这种从未见过的世界让三步感到非常神秘有趣，她不停地在黑暗中来回穿梭。

充满未知的黑暗没有令当时的三步感到害怕，她根本没把这黑暗当作敌人，没有仅仅因为它的存在，就片面地断定它是不好的。

三步缓缓地将右手伸向前方，手心向下，再如抛物线般横向移动右手。

黑暗啊，刚才和你作对，对不起。

我们和好吧！

道歉并提出和好后，不可思议的事情发生了。黑暗中的体感似乎变得舒服了很多，三步认为是因为彼此认同了对方的存在。

只是因为它的存在，就判定它是不好的，然后去伤害它，这和欺负人的孩子有什么不同呢？三步深刻地反省着。

接着深吸了一口气后，气息恢复了平稳，心跳也逐渐恢复了往日的频率，看来是没什么事了。

眨了几下眼睛，定睛凝视眼前的黑暗，脚下用力，这一次只需要朝着出口前进就行！三步打起精神，就在这个时候——从屋顶上传来好像云霄飞车启动时的声响，黑暗瞬间消失不见了。

"啊！"

三步不自觉地用双手捂住脸，好像眼前有炸弹爆开了一样，三步是真的这么认为的。她小心翼翼地睁开眼睛，当然眼前出现的只是书库，前方则是自己单方面提出告别的旧椅子。没有着火，也没有受到暴风的影响。

来电了。

"喂……三步，你没事吧？"

在刚才拼命想到达的门口处，伴随着开门的声音，有人在呼唤自己。过了一会儿，看清了来人的脸，三步要是立刻恢复正常就好了。

"古怪前辈……"

"哎，怎么了？"

"……啊，没事，我有点，精神混乱……"

"这话一般不会自己说吧？"

"啊，不是啦！"

算啦，不管怎样，没事就好，坐在椅子上真是明智的选择。古怪前辈没有介意三步脱口而出的没礼貌地称呼自己的外号，好险……

三步眨了几下眼睛，慢慢站了起来，眼睛好像是和全身都有着联系吧。只是有一段时间没有看任何东西，就有些模糊了，古怪前辈关心地让三步再稍微坐一会儿。

等到眼睛适应了光线，三步再次起身，这次没有问题了。

跟在古怪前辈身后，三步时隔良久般终于走出了书库。她从屁股口袋里拿出钥匙，仔细锁好进出书库的大门。回到前台后，大家看上去忙忙碌碌，图书馆人声嘈杂。

虽然大家忙得不可开交，前辈们还是对三步表达了关心。尤其是温柔前辈，听到三步刚刚待在黑暗中时，她越发担心起来。

"没发生什么事真是太好了！"

"真的，啊，不过……"

"发生什么了吗？"

"嗯——交了一个朋友。"

"……你要不去休息吧。真的没事吗？要不要去医务室？"

直到工作结束前，温柔前辈还在不停地关心着三步，可怕前辈也不时表示担心，古怪前辈还让她介绍一下刚交的"新朋友"。

很遗憾，大家都忙着服务读者，三步没有时间和前辈们解除这个误会。

白天的经历对大脑的影响，比想象中还要大，又或者自己是很容易受影响的人。对于不明白的事情，三步很想去弄明白，但下班后回到家，打开房门，洗手，漱口，舒了一口气后，想到今天自己度过了惊险的一天，又决定犒劳一下自己。比平时

多煮一些饭，然后再准备一些可口的下饭菜。想到这，三步不
禁开心起来，一边看着电视，一边喝起新出的柠檬口味的午后
红茶。就在差不多准备出门去超市买食材的时候，悲催的事情
又发生了。里面装着钱包、手机等东西的包包，没有带回家。

还有这样的事！一时间无法相信自己的愚蠢，三步在玄关
和客厅间徘徊。就在重复第七次的时候，她终于放弃了挣扎，
从玄关走出了家门。下班的时候，只有家门钥匙和月票习惯性
地放在了裤子口袋里。

外面天已经黑了，通往车站的路上和电车里到处都是穿着
西装的人们。虽然有些拥挤，但还好到学校只要坐四站。路程
很短，也没时间因为身边的醉酒大叔们而感到不愉快，要是五
站的话可能就危险了。

在每天下车的站台下车，从每天出来的检票口走出，走
上每天的必经之路。通过大学图书馆的自动门，三步被喜欢
的味道包围着。晚上的图书馆一如既往地安静，今天还残留
着一丝白天的慌乱，这给夜晚的图书馆带来了一点刺激，感
觉还不错。

打开员工通道大门，进入休息室，空无一人，三步从自己
的储物柜里拿出包包。对不起啊，把你留在这里。

原本计划悄悄地来、悄悄地离开，不承想关柜门的时候发

出了声音。为了不让别人误以为自己是小偷，三步决定走到与休息室连通的前台，和上晚班的同事们打过招呼再回家。

脑海中明明念着"打扰了"的三步，话到嘴边却咬住了舌头："打，打扰了。"听到这结巴的招呼声，正在前台独自工作的古怪前辈回过头。

"哟，三步，是想见小姐姐我啦？"

顺着话题说下去感觉会变得很麻烦啊，三步这样想着，但又没有无视的勇气，于是回答道："嗯，嗯，是这样。"古怪前辈立刻起身靠近，无言地用手掌全力抚弄着三步的头和下巴。三步没有反抗，就这样默默接受了，脑海中却大叫快要脑震荡啦，然后顺势抓住古怪前辈的双手。

"我把包忘在储物柜了！"

"真的假的？你这个小傻瓜！"

哇，这话说的，三步不禁抚摩着自己的小心脏，让自己平静下来。

"只有您一个人在啊？"

"嗯，大家还在确认一些东西。不过话说今天真是吓到了吧，三步？"

"啊……没有，还好还好！"

"哦？不害怕吗？三步真是个坚强的孩子，来，给你一颗巧克力。"

　　古怪前辈从工作服围裙口袋里拿出巧克力，递给了三步，但图书馆内禁止饮食。

　　三步回想起白天的事。不害怕吗？是这样吗？

　　说实话可怕还是挺可怕的。

　　"不过今天发生的事还真是不错的点缀。"

　　让周围的色彩变得更加鲜艳的一抹色彩，让生活中被忽略的美被发现的点缀。

　　三步自己也觉得，扬扬自得地说这些话应该不会有人理解。不过她还是加了一些解释，古怪前辈只是温和地笑着说了句："是吗？"

　　哇哦，这好像是第一次感觉和古怪前辈心灵相通呢！三步满脸微笑地看向前辈，然而——

　　"你和男朋友是关灯办事的类型？"

　　呃，古怪前辈是根本没理解三步的意思吗？

　　三步摆出淡淡的笑脸，说了声"您辛苦啦"，走出前台，决定从读者出口回家。她边走边回头看，发现古怪前辈正一本正经地挥着手。那个人连三步会不会回头都不知道，竟在挥手告别。而且什么嘛！干吗一本正经的？真是，到底在想什么啊！前辈的古怪行为在脑海中徘徊。

　　三步在回家途中顺路去了趟超市，买了生姜炒肉的材料，还突发奇想买了一个红色的蝴蝶结。

　　也算是为了赎罪吧，三步觉得蝴蝶结很适合那把椅子，便买下了。

麦本三步　**喜欢成熟型**

麦本三步也有休息日。一周里没有祝日①的话，最多可以休息三天，最少也可以休息一天。也就是说，在没有祝日休假的情况下，最少出勤四天，最多出勤六天。图书馆实行排班制，或多或少会有偏差，但是作为社会人还是达成了一个月的标准出勤率。老实说，三步内心并不想上班。可是如果不上班，就没有收入，三步深陷两难的境地。她还期待着一周只需出勤两日，便可以拿到翻倍的工资，但这种事是不会发生的，所以三步认为这真是个令人纠结的困境。其实这并不算什么困境，但三步喜欢"困境"这个词的语感，有时候还会故意耍帅似的挂在嘴边。这个词到底哪里酷啊？即使去问三步，也未必获得满意的答案。

　　三步经常一个人度过休息日。之所以如此，主要是因为独自居住。另外，三步多在平日休息，时间上很难和朋友凑到一

————————

① 日本法定节假日。

起。当然，也因为最近身边没有一位能称之为"男朋友"的人。

之前在学校被学生问到是否有恋人的时候，三步回答是有的，但那不是说谎哦，也不是为了虚张声势。请相信我，不好意思。像是在寻求认同一样，三步在心里辩解道。但是，三步继续辩解道，希望大家回想一下，那个时候我是不是有点欲言又止的感觉？那是因为，那个时候我和男友之间的关系有些微妙啦，男女之间总是有各种状况的嘛，这可是姐姐我的经验之谈哦。谁也没问，也没谁请教，三步就开始自负地脑补起恋爱讲座。假装是友好分手，完全不在意的样子，但实际上早已号啕大哭，醉酒烂吐过了。

　　一回想起那个时候，三步便伤心不已，所以详细情况就不多说了。那种悲伤没有伤口裂开、鲜血渗出的声音，总之还不至于到这样的程度。

　　现在终于熬过了男人都是浑蛋、该全部消失的状态，但还没有达到认为他也有他的理由的境界。三步只是想如果有颗巨大的陨石掉在那个人头上就好了，并且坚信这会实现。这样的三步又迎来了本周的休息日。

　　但凡休息日三步都会睡懒觉。尽管没什么特别的安排，也差不多该起床了，心里这么想着，一个小时就过去了。当然也有睡两三个回笼觉的时候。今天自然醒后就没再睡过去，但还是睡了懒觉。

三步定好了今天的任务——前往之前发现的一家拉面店吃午饭。为了完成这个任务，早饭不得不早点吃完，也就没有再睡回笼觉。不过，睡个回笼觉再去拉面店，把早饭午饭一起吃了不就行了？要是有人这样说，三步一定会说："啊？不行吧。"并不是因为不吃早饭太难受，所以才不行，而是两顿并作一顿吃不行，三步的饮食不存在减法。

上午把昨天偷懒没有整理的衣服收拾好，又打扫了一下卫生，这对三步来说已经是很好地安排了时间。家务事做完后，已是正午时分，三步化了个淡妆，换了身衣服，闪亮登场。

最近气温渐渐升高了，代谢旺盛的三步将长袖 T 恤的袖子卷起，搭配一条八分牛仔裤，背起小巧的挎肩包，穿着休息日专用休闲鞋，轻快地踏起脚步出门了。

平常出门时，三步会根据当天的心情来决定是否携带 iPod[①]。今天是边走边听音乐的心情，所以锁上房门后就立刻戴上耳机，选曲就交给 iPod 的"全部播放"功能。今天的第一首歌是 Scha Dara Parr 的"Aqua Fresh"[②]。

---

① 苹果音乐播放器。——编者注

② Scha Dara Parr 是日本的一个说唱团体，"Aqua Fresh"为其说唱作品。——编者注

三步迈着轻快的步伐，二十分钟左右到达了拉面店。这家店在三步徒步活动范围内相当近的位置，但之前都未曾发现。之所以未曾发现，是因为从家到这家店的途中，有一家鲷鱼烧店。一旦走进，即使没有购买的打算，也会被鲷鱼烧的香味吸引。消灭几个鲷鱼烧之后，内心也得到了满足，于是三步就不会再往前走了。

今天又要被鲷鱼烧的香味吸引过去的时候，三步在心中默默念道："一会儿再过来，我没有背叛你哦。"一边给自己找借口，一边来到了拉面店。耳边传来另一首歌的时候，三步暂时拿下了耳机。因为接下来要和这家拉面店"开战"啦，要是被耳机隔绝了声音，就无法迎战了。

掀起暖帘，拉开手边的推拉门，门铃声和"欢迎光临"的声音同时传入耳朵。正逢午饭时间，店里熙熙攘攘，好在吧台还有一个空位，三步放心了。即使没有空位，需要等待，也完全没有问题。三步担心的是自己被安排到两人坐的位子，要是碰巧店里满员，后面来的两个人便需要等待，这样就会不停地猜测等待的人是不是希望自己快点吃完离开，反而会感到身心疲惫。

这家店采用购买食物券订餐的方式，这让有些认生的三步很是高兴。食物券贩卖机的左上角是酱油拉面的按钮，贴着"基

础套餐"的黄色贴纸，三步一鼓作气按了下去，还顺便买了大
份的券。

　　刚好是午休时间吧，三步坐在两位上班族男士之间，将酱
油拉面和大份的餐券递给了店员。那么醒目地贴着"基础套餐"，
第一次竟然没选推荐的基础分量，而选了大份，会不会被骂呀？
三步的担心很快就被打消了，店里回荡起向厨房下单的叫唤声：
"酱油拉面大份。"三步当然不在意别人说女孩还吃大份，反
而觉得可以向周围的人炫耀，甚至吓唬人。三步很喜欢店家这
样的下单方式，仿佛是在向大家宣告这份拉面的所有权是自己
的。到底什么让三步开心，即使去问三步，也未必能得到想要
的答案。

　　OK，来吧！尽管连沙包都没有打过，三步却像登上擂台的
拳击手一样等待拉面的到来，中途还偷看了一眼边上客人的炒
饭，当然也没有忘记安排下一次来店的日程。

　　空腹时总是忍不住伸手去拿面前的自助小菜，但因为已经
决定第一口要喝汤，总算把这欲望忍住了，终于……

　　喂喂，还是别让我等太久哦，要不然我这匹马可是会暴怒
的哦。三步一边安抚着空腹，一边用挑衅的眼神紧盯着头顶围
着毛巾的柜台小哥，持续了五分钟，终于，伴随着"久等啦"
的声音，热气腾腾的面碗被端了出来。三步等不及地伸手想从

小哥手中接过面碗。“小心点啊！”一边被说，一边接过面碗，竟然比想象中要烫好多，但一时也不能放手了，不过实在太烫，手稍微松开了几毫米，汤就像海浪一样涌到了柜台上一点。啊……好浪费！

可能经常有三步这种类型的人吧，所以柜台上特意放了粉红色的抹布。三步赶紧擦干净柜台，不过抹布都放了，再顺便放个托盘不好吗？三步心想。一般大家都是等店员端过来吧，这种事又没人告诉三步，她在学校也没学过。

来啦来啦，酱油汤底的香味让三步再也无法控制自己，把抹布放回原处，右手放到自己的锁骨前，与左手相合：“我开动啦！”快速地拿起调羹，吹了几下热气腾腾的汤，一口喝了下去。好烫！烫伤了！明明吹过了啊，是因为肺活量不够，还是太慌张了？虽然很烫，但好好喝！这要是和面一起吃的话该是怎样的美味啊！自己好可怕。但光是害怕，任何事情都无法前进，打定主意的三步拿起一次性筷子。今天很整齐地掰开了一次性筷子，吔！大部分的时候，三步总是掰不齐，拿在手里很是不舒服。

吃面之前，比刚才多吹了一会儿，就开始享用了。一边烫着一边品尝到细面味道的瞬间，让三步有种升天的幸福感。眼前似乎有烟花瞬间绽放一般，差一点就回不了神。

"好吃！！！"脱口而出。

抬头的时候，刚巧和柜台后的小哥双眼对上了。虽然没说什么坏话，但要是被误认为是故意赞美美食来找话闲聊的人，也是很令人困扰的，所以三步立刻将视线拉回到拉面上。这是我最喜欢的味道，刚才选大份真是太对了！几分钟之前的自己干得真漂亮！

自卖自夸地鼓励着自己，三步大口大口地吃起了拉面。叉烧也是三步喜欢的那种肉汁满满的类型，嗯……太好吃了。吃了一大半的时候，突然发现面越来越少，但是又停不下来，真是太矛盾了！三步一边纠结着，一边瞬间扫光了一碗拉面。

一口气喝完一杯水，为后来的客人让出了座位。太好吃了就得表达一下谢意。"感谢招待！"啊，又咬到舌头了！被店员小哥哥的魄力稍稍震慑到，这很不好。

收到小哥哥的回谢之后，三步掀开暖帘，走出了拉面店。与热气腾腾的店里不同，店外清爽的微风拂面而来。

"吃饱了，突然想吃那个了呢……"

阳光下，刚刚在拉面店吃完大份拉面的三步，脑海里浮现出另一个美食，于是慢慢地原路返回，主动走向刚才极具诱惑的鲷鱼烧店。

站在鲷鱼烧店前说道："请给我一个鲷鱼烧。"店里的小姐姐正要开口问时，强忍着口水的三步立刻抢答："立刻就吃！"
可能是因为求吃欲表现得太明显了吧，小姐姐偷笑了一下。害
羞的心情和热热的鲷鱼烧一起被纸袋包住，口中瞬间充满脑海
中预想的味道，光是如此想象就能满足一回的女生——三步。

"感谢您的长期惠顾。"

"我吃饱啦！"还没吃就说饱了的三步，受到美食的诱惑，
完全没有发现自己说错了话，唉……好不容易这次没咬到舌头，
清楚地说出来了呢！

"我开动啦！"三步轻轻吹了一下鲷鱼烧的头部，一口咬
了下去。可是刚才被拉面汤烫伤的三步怎么可能顺利搞定热热
的鲷鱼烧呢！果然不出所料，大口咬下去后，因为太烫，只留
下一排牙齿印。这次要小心点，三步用门牙咬了一小口。嗯……
好烫！好烫！好吃！

三步没打算稍微凉一会儿再吃，一边呼呼哈哈地吃着，一
边走在回家的路上。吃完后，嘴巴干了，于是走进便利店买了
瓶午后红茶，顺便把鲷鱼烧的包装纸袋扔进了垃圾箱。

晚上吃什么呢？就在三步很快开始思考下一顿饭的时候，
到家了。进家门先洗手，漱口——即使懒惰也从不会忘记做的
事情，这是从小就养成的习惯。曾有一次在外面喝得烂醉，住
在朋友家，竟然比朋友还要先完成洗手和漱口，虽然三步自己

记不得了。

　　现在开始准备晚饭还有些早。贪吃的三步现在肚子也很撑，于是决定开始进入无所事事的懒人时间。三步将手提电脑放在桌上，坐在椅子上，喝着午后红茶，等待电脑开机。

　　不是为了看什么视频，更不可能是去学习。电脑屏幕里光标出现后，三步点击上网页面，从收藏夹中选择了……

　　"小广播，小广播，今天是周五啦！"一边哼着歌，三步一边点开自己所在住宅区之外的广播台，电脑里传来深沉而清晰的男性声音。刚好是读信环节，伴随着主持人的声音，三步对着电脑打起了招呼："Daigo 先生，你好！"

　　稍微调低了音量后就让电脑这样播放着。三步换上居家服，趴在床上玩起了手机。午后红茶放在伸手就能拿到的地方。一切准备就绪，专属于三步的慵懒假日风格。

　　三步是在进入大学后养成了听广播的习惯。打工的地方，一直播放着广播，所以之后在家里也听了起来。大学毕业后，搬到现在住的地方，当知道无法收听大学时代常听的广播节目时，三步很是失望。查询之后才知道有覆盖全国的广播服务，于是三步立刻提出申请，从那时开始，就能收听到很多之前完全不知道的广播节目了。每个月几百日元的费用，属于三步的小奢侈。

房间里现在播放着的是关西广播电台的节目，周五是休息日的时候，三步会经常听这个节目。不只是因为喜欢 DJ 的声音，看了登在主页的照片，他的外形也是三步喜欢的类型。话说虽然手机也可以听，但不停回放的话，会变得很烫，有点令人害怕，所以三步选择了用电脑播放。

DJ 令人舒服的声音、不知名的乐团演奏的音乐、被窗外微风吹动的窗帘、软软的被子，这些都让人好舒服、好幸福。

三步刷着手机，渐渐地犯困，就这样睡了个午觉，呼呼……

呜……呼……

睡醒的三步，一时间搞不清自己的状况。咦？这是哪里？几点了？早上？迟到了？把晚霞看成朝阳，一时间慌乱无比。但是仔细一想，如果像夕阳一样的橘色光芒在早晨照射进房间的话，说明时间还早，还有充分的时间准备上班。然而对刚刚睡醒的三步来说，大脑完全无法正常运作。

看了一眼钟，总算意识到只不过是睡了个午觉，电脑传来睡前听到的 DJ 声，还好时间并没有流逝太久，三步终于放心了。

打起精神，本想鲤鱼打挺式起身，但因为太急，再加上腹肌无力，又跌回被子的怀抱。放弃挣扎还是用手臂的力量撑床起身？一边打着哈欠，一边关上开着的窗户，同时闭上自己张开的大嘴巴。

　　起身后，顺便确认了冰箱里的东西。有喝的，吃的也是有的。不过作为休假最后一天的晚餐，还是觉得有点少，光有芝士和豆芽还是不够的。

　　差点就要吃了睡、睡了再吃地度过休假日的三步顿时又有了食欲。电饭煲里放进大米，按下煮饭开关，关上电脑里正播放着的广播，穿上脱下后随手挂在椅背上的衣服，以及搓成一团丢在地板上的袜子，背上挎包，拿起钥匙，再穿上运动鞋，瞬间就再次完成了出门的准备。

　　比起白天，三步感到外面的气温稍微低了一些。于是，放下卷起的袖口，出发去超市喽！今天决定去离家最近的超市，并不是不想走太远。冰箱里有豆芽，所以做泡菜锅的话刚好可以用掉，但是三步喜欢的泡菜锅底料只有这家超市有。为了弥补没有多走路的状况，今天睡前还是做做拉伸运动吧！

　　虽然口袋里放着 iPod，但三步决定这次就不听了。不是因为离目的地很近，而是三步喜欢边走边听着傍晚归家的人们熙熙攘攘的声音。

　　因为总是和散步中的狗狗四目相对，三步差点就撞上了电线杆，不过还好有惊无险地进入了超市。逛了一圈后，买到了三步喜欢的底料和五花肉，还有已经被切成条状的大白菜、豆腐。

明天还会有明天想吃的东西，所以三步不会一次性买很多食材。
以前有过买了许多囤着，但结果忘到腐烂的经历，三步从中吸
取了教训。

　　从超市出来后没有再乱走，她直接回到了家，一如既往地
立刻完成了洗手和漱口，再把买来的食材塞进了冰箱。随手丢
下脱下的袜子，放下挎包，把今天不会再穿的衣服挂在木衣架上，
收进衣柜里。也不管窗帘还敞开着，就开始脱掉外出穿的衣服，
原因不只是三步极度不擅长安排做事的顺序，还因为之前看房
的时候，中介曾说公寓对面是河和比较矮的民宅，所以不太会
有人偷窥。要是有人不知从哪里拿着望远镜来偷窥，煞费苦心
地做到这种程度，那也只能无能为力地认输了。

　　三步慢吞吞地换上居家服，一看还有时间，可以休息一会儿。
饭还没有煮好，太阳也还没有落山。嗯……做什么呢？喝了一
口放在地板上的午后红茶，突然想到从图书馆借来的书还没有
看完。上班的时候发现还挺有趣，就借来随手放在上班的包里了。

　　有时坐在椅子上，有时坐在地上，把椅子当作小桌子看了
一会儿书，三步期待着的香味扑鼻而来，饭差不多要好啦。

　　三步的预感还是很准的，没过一会儿电饭煲的电子声就呼
唤着主人快来。但是三步并没有站起来，让米饭和肚子都稍微
再等等，还不是非常饿，如果现在吃了，之后就会饿。

大约过了一个小时，三步将书读到刚刚好的地方，终于站起了身，活动了一下腰背和脖子，上了一下洗手间。

OK！开始准备晚饭！三步打起精神，开始准备今天的晚餐——泡菜锅，超级简单。洗好蔬菜，将泡菜锅底料放进一人用的小锅里，再把切好的食材放进去，把锅放上电磁炉，OK，搞定！剩下的精力就留着待会儿享受食物吧。

一边看着泡菜锅底料的瓶子，一边想着这种微辣的底料如果在任何地方都能买到该多好呀。就在这个时候，因为火太大，汤潽了出来，啊……好浪费。

因为经常会出现这样的状况，所以三步在灶台边早已预备好纸巾，将汤渍清理了。话说之前做火锅的时候就让自己记着去买隔热手套的，结果这次又忘记了，下次肯定也会忘记，应该记下来提醒一下自己，但三步很快连写字条这件事也忘了……

泡菜锅融合着蔬菜和肉的香味，厨房中飘散着美味至极的味道。油烟机全速运转，隔开厨房和客厅的门也早已关好。要是客厅充满了这个香味，晚上肯定会梦到泡菜锅的，在梦中还是希望品尝其他的美味。

三步确认白菜已经煮熟，再用毛巾握住锅的把手，小心翼翼移至客厅。啊！忘记收拾电脑了！啊！锅垫也忘记准备了……转身先将锅放回厨房，再回到客厅准备好锅垫，又一次小心翼翼地端着锅走出厨房。这要是洒了就糟糕了，需要谨慎搬运。尽管如此，半途还是突然踩到随便乱丢的袜子，脚底一滑，不禁大声惨叫，还好及时刹住。袜子的摩擦力，太感谢你啦！意外地，我的体能还不错嘛！

午后红茶已经喝完，换成麦茶倒进杯子里，然后将满满一大勺米饭装进饭碗里，晚餐搞定！接下来就是呼哈呼哈地吃热腾腾的美食喽！

"我开动啦！"

泡菜锅真是太美味啦！虽然没有中午去吃拉面时的惊喜感，但有一种老朋友见面的舒心感，渗入三步的身体和心。

按照三步的速度，算是慢慢地咀嚼了，但很快就一扫而光，吃完后立刻就开始收拾锅碗。三步还是比较了解自己的，要是不立刻行动，估计之后会嫌麻烦，直到明天早上都不会去收拾。长此以往，不断积累下去，家就要成垃圾场了。所以，最开始就要速战速决，这时三步好希望有人能夸一下自己呢。

"成年人啊哭吧，成年人啊很可怕，成年人啊很寂寞，成年人啊疯狂吧。"

边哼着歌，不对，应该是边唱着歌边完成了洗碗的任务。将手擦干后，三步回到客厅，靠着椅背坐下，有种完成任务后的如释重负。

对啦，冰箱里还有冰淇淋！早已忘记刚才五分钟左右的艰苦劳动，三步又欢快地回到厨房。打开冰箱，森永摩尔巧克力味冰淇淋就乖乖地待在那里。正准备伸手去拿时，突然改变了主意：一会儿洗完澡再吃……

于是，换成之前在便利店抽奖赠送的罐装咖啡。虽然平常多喝红茶，但偶尔也是会喝咖啡的。

坐回椅子，深深地呼了一口气。

然后像是突然回过神一样，三步想到，啊……今天好像什么事都没发生哦。

第一次去了那家拉面店，又去了鲷鱼烧店，睡了个午觉，除了这类经常做的事情，好像没发生什么特别的事情。当然三步并不觉得自己可怜，反而觉得一身轻松，之前也有像今天一样什么都没发生的休假日，不过最近的几次休假感觉更轻松了，嗯……到底是为什么呢？

好像之前也并非总是和男友待在一起啊，这么想着，三步突然发现自己正在回忆和男友一起做的很多事。

今天第一次回想起男友，那个从相遇到相恋，再到分开，现在什么关系也没有的他。

三步喝了一小口咖啡。

要是以前去过那家拉面店的话，会想着也让男友尝尝。做晚餐的时候，会想着要为男友准备什么好吃的。居家服也是，会想着穿比较可爱的款式。即使没有见面，也会想着这些事情。

那样的日子快乐也是挺快乐的，但对自己来说肯定也有很难的时候吧，幸福中的苦力活，因为麻痹而没有意识到的苦力活。可能因为不用再那样做了，才会感到一身轻松吧！

三步一个人傻笑着。当然，并非感到轻松了、放下了，就觉得和男友在一起的回忆全是美好的了。只是单纯想到既然一身轻松了，就可以再多吃点好吃的了。三步拿出放在房间角落里的零食收藏盒，取出 Collon^① 蛋卷。

一边吃着蛋卷一边刷着手机，突然大学时期认识的男性朋友发来了聊天信息。面对无聊的内容，三步虽然连回复一句"现在方便接听吗"都觉得麻烦，但还是回复了。一会儿对方就发来了现在正在家里的回复，三步立刻给对方打去电话。

"那个，给你一个忠告，千万不要成为分手后让女生觉得解脱了的男人哦！"

被单方面地告诫后，朋友莫名其妙的回音穿透话筒："啊？？什么意思？？"三步不禁一阵狂笑。

① 格力高的一个零食系列。——编者注

麦本三步　喜欢酸橙

麦本三步在打电话。

"对呀，之前又被教训了，不过我可不会单枪匹马地和前辈作对哦，毕竟小命重要嘛，这我还是知道的。

"要是有同辈在场的话，或许会正面反抗一下吧！不过咱的钱包也不是很鼓啊，图书馆的工作嘛，工资也就那样喽。这样哦，是啊，大家都不容易啊，在哪儿都一样。要是有什么大人物能为了书的未来出点钱就好了，虽然可能我们一点好处也沾不到。啊哈哈……说什么去找高薪工作呀。托尔斯泰不也说了嘛，逆境令人成长嘛。现在也只能抱着杂草的精神，百折不挠地工作喽。平凡的三步也是拿着一分钱也不会涨的工资努力着呢。是呢……正如你说的。说句特现实的话，要是能出人头地的话，情况就不一样了吧。不容分说，咱们都变成了俗气的大人啊，话题都是关于钱。果然还是哪里受挫，心态扭曲了吧，啊哈哈哈。对了，刚好说到钱的事，你知道日本最高和最贵[①]的可乐吗？按照高度来说的话，应该是富士山山顶的可乐吧，要五百日元呢，听着就好冷。说了可能会有点扫兴啊，但不管怎样，据说最贵的可乐是酒店里的哦，要两千日元呢，这能买一泳池的可乐了吧。不觉得喝可乐的都是那些不太关注健康的人吗？而且好像还是瓶装可乐，这能信吗？总感觉瓶装的东西不太靠谱，同时还会配上柠檬或者酸橙。柠檬给你啊，我喜欢酸橙，就是……杂青金石那个酸橙[②]。"

"那个，三步，打断一下啊！"

"嗯，怎么啦？"

"那个，难道你一直故意在押着韵说话？"

"哎呀，被发现了！"

---

① 日语形容高度高和形容价格贵的单词一样，这里三步在说完钱的话题后，突然想到高度最高的可乐，于是话题就改变了，这里可以看出三步的可爱、充满想象。

② 日语里的"酸橙"和"杂青金石"的第一个音节发音一样，三步是故意为了押韵才说出杂青金石的。

麦本三步 **喜欢鲜奶油**

麦本三步不是什么圣人君子，既非清正廉洁，也非纯真无瑕。对人有爱的同时也会发怒、憎恨。说到憎恨，估计大家会想象三步每日每夜咒杀不共戴天的仇人吧，但三步是不会做这种麻烦事的。因为很容易就厌烦，所以很难维持同一种感情状态。如果愤怒超过了底线，也只是瞬间在心里爆发：我要挑了你的脚筋，再往你嘴巴里塞满螺丝钉。

　　三步的愤怒一般是他人的一些无心之举造成的，而且是分阶段的。首先，是会受到打击。世界上居然还有这样不经大脑思考就乱说乱做的人啊，而且居然就生活在自己的身边。接着，三步会变得很困惑。应该要怎么处理呢？自己能做些什么呢？于是变得慌乱不安。然后，正在困惑的时候，事情大致就被解决了，三步又会因为自己什么都没能做而心情沉重，这就是第三阶段。之后，三步发现做坏事的不是自己，去伤害他人的也不是自己。为什么要因为那些人而让善良的，包含三步自己在内的那些普普通通生活着的人受到伤害呢？然后愤怒涌上心头，只是在心里这样想：我要把你所有帆布包上的绳子都缝到你的夹克上！完全不理会对方有没有帆布包，有没有穿夹克。

话说最近令三步生气的是在喜欢的面包店发生的事情。刚好店里在卖数量限定的鲜奶油面包，在三步排队的时候，排在前面的女生那里突然来了一群人，貌似是她的朋友，等到三步的时候，刚好面包就卖完了……没有勇气让对方不要插队的三步祈祷这些人都被自行车绊倒，然后步行去了另一家喜欢的面包店买了奶油面包。这家的味道也是不错的，嗯，很好。

要是偶尔三步把内心的诅咒说出来的话，大家都会感到很惊讶，原来三步也是会生气的呀，或者三步也是会抱怨的呀，当然也有人会表现出很失望的样子。明明大家都是有喜怒哀乐的人啊，干吗那么奇怪。比起一发呆就会被念叨，又或是被说偷懒，更让人莫名其妙。

不过对于总是被莫名其妙地念叨，三步还是表现出可能是自己不太擅长表达感情的原因吧。当然要是有勇气能当面问"恶势力"到底看自己哪里不爽的话就更好了呢。

　　但是通过自我摸索来掌握这种沟通技巧，还是很困难的。今天也是，在图书馆工作的时候，被一个讨厌的男老师要求从书库里取一本书，不对，应该说将只写有书名的字条就这样朝着三步扔了过来。尽管如此，三步也算是认真地完成了任务，但还是被说了句"太慢"。好歹图书馆也是有教育性质的机关，要是能稍微提醒对方注意下态度的话就好了，但三步没能做到。脑海中只想着把重重的百科全书全绑在这人的头发上，然后让这老头沉进大海里。有想这些的时间，还不如说点什么才对啊！

　　就这样，郁闷着的三步埋头在前台处理起了工作。就在这时，有人向前台走近。态度不算太好的男学生说，昨天接到图书馆的电话，让他今天到前台一趟。这么一说，三步想到今天上班时是被通知过这件事。三步一边说了句"请稍等"，一边走向后方，请正在处理工作的温柔前辈来前台。又把令人棘手的事情交到前辈手中，稍微耍了点小聪明的三步，放心地舒了一口气。

　　看着温柔前辈微笑着向面无表情的男学生打招呼后，三步重新做起手边的工作——是可怕前辈安排的工作任务，要是偷懒的话，头顶会打雷吧？

　　话说温柔前辈和男学生的对话是隔着前台进行的，三步也能听到一些对话的片段。当然因为全神贯注地面对着电脑，所以听得也不是很仔细，时不时地听到一些而已。好像是因为长期借同一本书没有还，所以图书馆不停地进行电话催促，结果书好像找不到了，于是以赔偿来进行处理。嗯，大概是这么回事。原来如此，所以男学生的表情才那么不爽啊。温柔前辈接过男生递来的现金走进办公室。为了应对这样的事件，办公室里放了一些面额不大的现金。

在温柔前辈不在的时候，男生用食指和中指一边敲打着前台桌面，一边等待着。就在三步想着这孩子难道是手指相扑游戏选手的时候，几个像是男生朋友的学生走了过来，好像这里是图书馆与他们无关一样，开始大声聊天，让人怀疑自己是否身处于庭院之中。从某种角度来说，这种情况几乎每天都会发生，尽管不是什么值得发怒的事情，但作为图书管理员还是得提醒对方注意。运气不好，离他们最近的就是三步，虽然不太擅长，但也只能站起身说道："声音稍微有点……"然而三步沙哑的声音被他们巨大的声音击败，散落在空气中。

三步也做得不好，声音太过消极了。本想这次大声说的时候，温柔前辈回来了："请稍微放低点说话的声音哦！"一瞬间，三步误以为是哪儿来的圣女在说话，声音不是很大，也没说什么太难听的话，原来还有这样的说话方式啊，三步想着该多学习学习。

让男学生确认后，温柔前辈将收据和找零放进信封中，正准备递给男学生的时候，对方像掠夺般抢过信封，一把塞进口袋里。一边工作着，一边偷瞥了一眼的三步心想：这行为可不好。然而之后那群男生的态度变得更糟了。

"这拿的什么钱啊？"

"哦，不过丢了一本破书啊，就让我赔偿！"

就这样故意在前台大声说着。三步顿时浮躁起来，这是要发怒的最初阶段。要是站在他们面前的是可怕前辈的话，被怒骂也不为过哦。运气真好，在你们面前的是温柔前辈，不懂事的年轻人啊！

就这样看着男生们没受到任何教训就要离开的时候，三步仿佛看到什么可怕的东西飘了过去。

"请等一下！"

三步不禁多眨了几下眼睛。没错，眼前看到的是温柔前辈，根本不是什么可怕的东西。在前辈温和的外表下，三步仿佛看到了百折不挠的坚定。

"啊？干吗？"

"这不只限于书，"温柔前辈挺起胸膛，"对于经过漫长岁月制作而成的事物，有人会非常珍惜地使用，也有人会花费心力去守护。比起新事物，它们凝聚着更多人的爱和心思哦。世上有很多不懂得珍惜，甚至连自我反省都不会的大人。长此以往，等哪天年纪大了，可能就轮到自己遭受同样的待遇，被人嫌弃了呢。"

温柔前辈慢慢地、清晰地、柔和地说道。

"难道你们没这么觉得吗？"

听着前辈的话，连三步也明白了。前辈并没有故意慢慢地、清晰地、柔和地说话。前辈只是慢慢侵入对方的听觉，渗入对方的内心，从而一击即中。这时三步突然想到了蛇。

像被蛇盯住，突然变得安静老实的男生们，瞬间从前台散开，快步离开了图书馆。

看着男生们离开，蛇，不对，温柔前辈回过头来，三步吓了一跳。这完全不是对在脑中称呼其为温柔的人所该有的态度。

"真是一群麻烦的人呢！"

即使这样说的前辈很可爱，三步也再无法把前辈的笑容单纯地认为是温和的了。不对，温和是肯定有的，但其中又隐藏着些什么。

出于对前辈冷静处事的敬佩，再想到最近自己的烦恼，三步忍不住脱口而出："前辈，不对，老师，想向您请教一件事。"

"嗯？什么事？那份材料不是我负责的工作哦！"

"啊，明白，不是指，指这个事情啦！"

又咬到舌头了。

"刚才您教训男生们的方法真是太棒了，那个，最近在想要是自己也能掌握这种表达感情的方式就好了，我不太会说啦，那个，要是您不介意的话，能教我如何恰当地向他人表达自己的愤怒吗？"

面对三步很明显不太擅长交流的请求，温柔前辈的脸上浮现出明朗的笑容。

"哎……这个好像也不是我负责的工作呢……和那份材料一起，还是去请教那位会比较好哦！"

温柔前辈称呼和自己同岁的可怕前辈为"那位"。

"不，不，那位的发怒方式对我来说有点困难啊！"

"吵死了，赶紧工作。"

"啊呀！"

不知何时，可怕前辈突然出现在身后，三步的脸颊被轻轻揪起，只能乖乖地点头回应。

生理上比起蛇更害怕魔鬼教官的三步很认真地开始了工作。空闲的时候或者午休的时候，三步时不时试探着问温柔前辈："到底怎样才能学到那种技能呀？""是不是有什么不可告知的天生就有的特异功能呀？"开始温柔前辈还会回答："不是那么回事！""什么都没有啦！"渐渐地，一直绷着的弦终于断了，在休息室，三步被温柔前辈大声叫道："三步酱！"三步以为终于有什么指教了呢，顿时打起精神，挺直腰背，然而温柔前辈还是一张温和的脸，伸出手，紧紧地抓住三步的手臂。

"先别管什么发怒的方式，要不要一起约个会呀？"

只是单纯地不明所以，三步不禁歪着脑袋。

"啊？什么？和谁？"

"我和三步你啊，要不要一起去什么好玩的地方？当然，如果你愿意的话。"

温柔前辈的话语配上她丰满的体形不禁让人遐想，不过三步很快打消了这个想象。

这是第一次收到温柔前辈的私下邀请，激动不已的三步不假思索地狂点头。

"那请手下留情啦！"

这回答听起来也有些怪异，但说出去的话已经收不回来了，就先这样吧。温柔前辈好像也没有太在意。"那之后再调整下日程吧。"说完放开三步的手臂，回到工作岗位上了。

咦？怎么态度变冷淡了？三步不安地东张西望着，刚好和进来取资料的可怕前辈对视上了。

然后三步不自觉地把温柔前辈邀请她一起约会的事情说了

出来。"哦？是吗？"可怕前辈一边取资料，一边附和着，然后丢下一句"小心别被吃掉了哦"，就离开了。

咦？什么意思？

怀揣着不明所以的忠告，三步做好全方位的身心准备，迎来了约会的那天。

赴约之前咨询过前辈，是不是应该穿适合吃饭的服装，然而会错意的三步收到前辈发来的邮件："穿比较便于行动，即使弄脏了也没有关系的衣服来哦。"遵照前辈的指示，三步如约而至了。

三步想是不是要去玩竞技游戏或者攀岩？那也不错，刚好可以弥补运动不足，然而并非如此。

从最近的车站坐电车，大约十五分钟后来到指定的车站，前辈早已在车站等候了。干净整洁的服装还散发着淡淡花香，三步坦率地觉得如果自己是男生的话，一定会让她成为自己的女朋友。顺便说一下，三步至今还未有过女朋友。

互相简单打了招呼，三步问道："究竟要去哪里呢？"温柔前辈只是呵呵地笑而不语，好恐怖。

三步觉得要做好防备，于是和温柔前辈保持了一定距离，不过很快疑惑就被解开了。

在前辈的带领下，慢步走了大约十五分钟到达了目的地，三步瞬间记起自己曾经来过这里。

"啊！这里是？"

"嗯？"

"我来过这里。"

"哦？是吗？呵呵。"

还以为会被带到更恐怖的地方去呢，三步不禁有些失望，这里是公立图书馆。自从搬到现在的住所，三步只来参观过一次。虽然现在都是去上班的大学图书馆，这里再也没有来过，但那时非常认真仔细地参观过，所以连内部的构造都还记得。

但是，为什么要来这让人想起工作的地方呢？难道是因为三步之前不停地缠着前辈，所以前辈想让三步从图书馆的基础开始，重新学习一遍吗？

基本上不太喜欢听人说严厉话的三步，像被问到跟工作有关的问题的市民一样，茫然地看着前辈，然而前辈什么也没有说明，快速走进了图书馆，三步也慌慌张张地紧随其后。

到底会发生什么事情呢？三步一边想着到底会去图书馆哪里，一边战战兢兢地跟着前辈。用余光看着三步的前辈向传达室的方向走去，向坐在那里正在忙碌着的工作人员打完招呼后，不知为何就开始介绍起三步来了。

"这位是我今天的助手，麦本三步。"

虽不明所以，但被介绍了还是要好好打招呼的："上，上午好！"工作人员们也微笑地回应了三步，三步对自己的慌乱不安感到非常抱歉。

"那……那个，助手是指？"

"来，这个是三步酱的名牌，昨天就准备好了哦！"

完全无视三步的疑问的温柔前辈，还是温柔前辈吗？看着手中拿着的挂在脖子上的牌子，上面印着可爱的小花，正中间写着"三步"。哇，好可爱！不对，没时间感叹，究竟接下来要发生什么？三步感到越来越不安。

就在三步坐立不安的时候，一个很大的纸箱被放在前台内侧的角落里，三步被要求穿上围裙，去搬一捆很重的纸质物品——没有说明。到底是什么啊？打开看一看。

"是连环画剧①吗？"

"对，连环画剧，一会儿我们就要给孩子们表演连环画剧哦！"

"啊？？"

---

① 连环画剧又叫（拉）洋片。是一种以儿童为对象，把故事情节制成多幅画片转入相框让人观看，同时念对白解说的演艺形式。曾作为吸引儿童向其销售糖果的手段，后也用于教育。

三步发出奇怪的声音。温柔前辈行为古怪地用拳头抵住三步的嘴，笑着。

"没关系，是我来读，三步和孩子们坐在一起看就好，偶尔会有孩子们发生争吵，那就是展现三步酱本领的时候喽！"

真的假的？

不会吧，不会吧，不会吧？

怕生的人最大的天敌就是孩子，难道前辈不知道吗？或者是故意这么做的？

知道真相后的三步，体温瞬间上升，也大约明白温柔前辈的用意了。

"难道是想让我通过实践来学习吗？"

"只是和孩子们一起玩而已啦！"

看着前辈呵呵微笑的脸，三步明白了自己有多蠢。

啊……我到底缠上了怎样的一个人啊！老天啊！拜托了，请让时间倒流吧，我只是想让温柔的大姐姐手把手教我而已啊！

当然，现在三步也没有勇气说自己要回家，只能拿着连环画剧的道具不情愿地跟着前辈。在图书馆的角落处，工作人员用色彩缤纷的四角抱枕，腾出一块专门给孩子们用的活动区域。原来如此，这就是我奔赴死亡的地方啊，三步不禁仰天苦笑，却看到房顶上挂着星星、太阳等装饰物。

　　活动区域前放着写有"现在不要进来哦"的公告板，所以还没有看到孩子们的身影。趁现在，三步和温柔前辈在小桌子上准备好表演用的木制框架，同时将散落在地上的绘本整理好，重新放回孩子们用的书架上。三步向前辈提出了一个一直在意的问题：

　　"一直都会来这里吗？怎么说呢，就是这种给孩子们读故事的志愿者工作。"

　　"不是哦，只是一个一直来做志愿者的熟人会偶尔拜托我来代班。刚好不是要和三步酱约会嘛，就顺便邀请你喽！"

　　这还真是太不巧了！明明是自己黏上前辈却怪罪时机不好的三步，不情愿地将公告板换成了"请安静地玩耍哦"。

　　瞬间，好像算好时间一样，四五个孩子还有他们的妈妈出现在只有三步的安静区域，还没有做好心理准备的三步顿时屏住了呼吸。好像是感受到了三步的无助，又或是其他什么原因，温柔前辈露出天使般的微笑，与孩子和妈妈们打起了招呼。妈妈们像受到蛊惑一样满脸微笑地回应着。孩子们也一边开心地叫唤着"是那个好久不见的大姐姐""在做什么呀"，一边围聚到温柔前辈的身边。那个微笑，不仅是男的，连淑女和小孩都能搞定啊！

　　当然，三步并不是透明人，妈妈们的眼光首先扫了过来。虽然感觉有点消极，但三步还是对着妈妈们说道："我是今天一起参加活动的麦本三步。"本想这样打一下招呼就没事了，然而孩子们可不喜欢这种公式化的对话。其中一个非常活泼的孩子抬头看着三步，不停叫唤着"三步""三步"。

　　"嗯，嗯，对，对，是三步哦！"

　　勉强微笑下的害怕似乎被看穿了，孩子们略感无趣的表情更令三步感到悲摧。

　　就这样来回进行着没那么愉快的交流，慢慢地，越来越多想看表演的孩子聚集过来，共计十二人。和幼稚园的班级人数相比，还算是少的，但对三步来说，等同于十二头猛兽。不知道是不是因为比较上口，孩子们一边和温柔前辈嬉戏玩耍，一边朝着三步的方向呼唤着"三步""三步"。

　　同样，三步没能做出什么有趣的反应，却回想起大学时代被前辈们戏弄时的情景。

　　可能是一群本来对听故事就很感兴趣的孩子吧。被温柔前辈叫唤后，大家都很认真地看向连环画剧表演的方向。"要做什么呀""好不好玩啊"，虽然孩子们不停地发出各种声音，但还好没有出现破坏秩序的行为，三步算是放心了。对认生的人来说，孩子们哪里最可怕呢？那就是你完全无法读懂他们的内心，预测他们的行为。对三步来说，目前的状况还算能应付。

稍微安心后，三步按照前辈的指示正坐在孩子们之中，可能是放松了警惕心，或是习惯了现在的环境，一个小女孩一屁股坐在了三步的膝盖上，三步顿时有些心慌。这是江户时代的什么拷问方式吗？也不能直接说给我走开吧。于是三步决定保持这个状态看表演，过个十分钟应该就会走了吧？

到底这个十分钟，温柔前辈是想告诉三步什么呢？

看着三步一副严肃的表情在等着表演开始，坐在旁边的男孩不禁问道："三步，你害怕吗？"三步立刻勉强挤出微笑，要说害怕的不就是你们吗？

三步所感受到的恐怖，恐怕在温柔前辈那里就一点也不会感受到吧。前辈面向孩子们说着"那我们开始吧！"，正式开始了连环画剧的表演。从不断浮现在脸上的微笑中，完全感受不到前几日类似蛇的那种感觉，也是啦……

首先，温柔前辈开始了自我介绍。大部分孩子都认识前辈，不过有些好像是第一次来，前辈主动将名牌举高，认真地介绍自己。

"今天和大家一起看表演的还有一位大姐姐，大家知道是谁吗？"

温柔前辈边说边像要拥抱孩子们和三步一样，张开双臂。话音刚落，几个比较活泼的孩子指向三步，七嘴八舌地回答道："是三步。"接着温柔前辈用手指向微微举起手的三步介绍道："对，那今天大家和坐在那边的三步小姐姐要和睦相处哦。"千万别把我当成敌人，要一起好好相处哦。三步把认为孩子们是天敌的自己放在一边，向身边的孩子们挥手打招呼。没想到孩子们也向三步挥起了手，这该如何回应是好？

就这样，接下来的"酒池肉林"，啊不对，修罗场能顺利渡过吗？三步一边感受着恐惧和紧张，以及双脚的麻痹，一边看着温柔前辈翻动着连环画。

然而，什么事都没发生。

还以为孩子们会开始大声喧哗，然后发展成大混乱，三步慌慌张张地去安抚孩子们，一不小心可能还会挨一拳，接着温柔前辈大声一吼，震住全场，为此三步感激涕零。类似这样的场景，三步一开始幻想过，然而现实是什么也没发生。虽然不知道为何去想象自己都无法决定的未来，但反正已经想象出来了，况且事情也没按照预想的那样发生。既然没发生，又能怎样呢？不过还是有个小插曲，一个小男孩来到坐在三步膝盖上的女孩身边。男孩好像也想坐在三步的膝盖上，一瞬间还以为终于要发生抢位大战了，不过最终以女孩将半边的膝盖让给男孩而化解。三步的膝盖已经完全丧失知觉，可能短时间内无法站起来吧，不过也无所谓了。

表演已经来到最精彩的部分，《杰克和豌豆树》的故事也将迎来尾声。对于中途开始说话的孩子们，前辈也不是直接提醒注意，而是先加入孩子们，再将话题拉回到故事。连三步都不禁在想原来故事是这样的啊，一边认真地倾听着温柔前辈的说话声。

"可喜可贺，可喜可贺。"

这句话不只是故事的结尾，听起来好像也适用于描述此时此刻的场景。三步终于松了一口气，说实话也对自己有点失望，前辈一定是为了给她创造学习的机会才带她来这里的，结果两手空空，什么都没学到。

对于三步的这些想法，坐在膝盖上的小女孩当然不会知道。女孩回过头，连微笑都没有地说道："故事很好听呢。"不了解小女孩到底是什么意思的三步挤出笑脸，回应道："是很好听呢。"接着小女孩什么也没说，从膝盖下来，向坐在后方彩色座椅上的妈妈那里走去。眼睛追随着女孩，不经意地和妈妈相视，相互点头示意后，妈妈问女孩："说谢谢了吗？"女孩"嗯"地回答道。虽然并没有道谢，但三步感受到了就可以啦！

　　不久，小男孩也从膝盖上下来了。虽然他什么也没说，但三步明白了，他的目标不是自己的膝盖，而是刚才的小女孩。如果要给小男孩一个建议的话，那就是不能只对自己喜欢的女孩好哦。当然三步不可能说出来，只是无言地看着男孩的背影，默默送走他。

　　孩子们的转换是很快的，连环画剧一表演完，还想沉浸在故事中的孩子们就奔向书架，拿出绘本；也有些孩子奔向自己的妈妈，想立刻回家；还有一些孩子奔向温柔前辈的身边，追问着下次什么时候再来。现场无法动弹的只有三步。拜托，从身边过的时候请稍微注意点，别碰到腿……

　　三步与正在和孩子们说话的前辈对视。不知道前辈是不是发现三步的脚麻痹了，只是口形对着三步说了句"可以了哦"，又继续和孩子们说话了。不知道前辈是指什么可以了，三步先慢慢伸直了双脚。站在旁边的女孩一边说着"你怎么了？"，一边用手碰了三步的脚，三步顿时拼命忍住不发出悲鸣声。可能是忍得太过辛苦，脸上也表现了出来，但女孩连三步的回答都没听就跑开了。

　　孩子们终于渐渐离开了，前辈一边观望着还在看书的一些孩子，一边开始收拾表演的道具，三步还是无法动弹。

　　等双脚的麻痹缓解后，收拾工作已经结束，三步再一次因自己今天又成了没意义的存在而感到头晕目眩，不过也可能只是血液突然恢复流动的结果。

三步终于站起来，以谢罪的姿态，向温柔前辈靠近。前辈和来的时候一样，将表演用的连环画纸递给三步，轻轻微笑着。

"谢谢啦。"

"不，不，什么也没……"

什么忙也没帮上，同时什么都没明白的意思。

但是想到是否应该在孩子们面前解释，三步放弃了。

温柔前辈呵呵笑着，引导三步来到孩子们的区域之外的地方。回到了前台，将道具放回原处整理后，前辈摘下名牌和围裙。

"咦？啊！结……结束了吗？"

意料之中，三步不假思索地说出非礼貌用语。三步还期待着休息一会儿可能会有第二次的表演，再来一次，说不定能学到什么呢。三步的脑海中不禁浮现出高中的时候，因为在数学课上睡懒觉，所以没听到老师教的解题方法，之后被教训道："不是说过了只讲一遍吗？"想到这儿不禁一身汗。

"嗯……反正也是代班，又是工作日，今天就到这儿啦！"

没看出有什么不对劲，看起来还是很温柔的前辈催促着三步也摘下了名牌，脱掉了围裙。三步将名牌还给前辈，再将围裙还给前台的工作人员。

恢复来时的装扮，意识到真的没有第二次机会后，三步不禁有些慌乱。

于是，全方位开动起自己的大脑。

三步的特殊技能就是学习。这项技能的由来是只要三步一集中精力，就会看不见周围发生的事情。所以，当和前辈一起向工作人员打招呼告辞的时候，拿着包走出图书馆的这几秒钟，还有朝着车站大步向前走的前辈竟然对她说"今天辛苦啦"的时候，三步看上去在望着头顶的天空，实际上也是如此。

三步拼尽全力思考着。难道今天从前辈那里真没学到什么吗？不停地反复思考着，在脑海中回放着前辈的言行。

"怎么了？"

"啊？啊！那个……"

虽然被发现一直盯着天空，但是现在不是在意这些的时候。

三步回想着前辈与孩子们说话的语气、柔和的手部动作、认真却缓和的说话方式。

通过今天的体验，温柔前辈到底想教会我什么呢？

就这样，不知什么时候突然明白了。

好像在哪里看到过。

"原来如此！"

对于三步突然发出的奇怪声音，连一直冷静的前辈也不禁发出"哇"的叫声，停住了脚步。趁前辈没有防备的时候，三步将自己的发现在前辈面前说了出来。

"原来是这样啊！一直以来都认为面对孩子们的时候一定要以面对大人们的方式来接触，却不擅长面对无法预测的孩子们，但其实不是这样的。面对不守规矩的大人们，反之要像面对孩子们一样，怀有宽容之心，用更温和、更易懂的语言，清楚地表达自己的感情。前辈就是想告诉我这个，才将我带到这里来的吧？"

"……那个，不是这样哦！"

"……啊？"

本想获得表扬才说的啊！

从前辈突然用敬语说话，以及很明显采取保持距离的姿态，再加上多年的经验，三步知道自己又想错了，不禁受到打击似的垂下了脑袋。

相比之下，温柔前辈却偷偷微笑着。

"三步酱原来刚才在想这么复杂的事情啊？我可没办法思考这些哦！"

"不，不是，我平常也不会这……这样。"

又咬到舌头了……温柔前辈不禁笑崩了。

"但是，又想着前辈是不是在向我传递什么，所以拼命地思考，今天也没能帮上什么忙……"

又说了奇怪的日语。看着前辈疑惑的样子，还以为前辈没有听懂，但又好像并不是这样。

"哪有啊，三步酱帮上忙了哦。看到从来没有出现过的大姐姐，小朋友们就会变得非常开心，这样我做起事来也会更加得心应手哦，而且男孩子们为了在新的大姐姐面前表现良好，今天都很乖呢！"

"哦，哦，是这样吗？"

"嗯嗯，就是这样。话说本来就以为你是想和我一起玩，才顺便邀请你一起过来的，至于说故事的表演呢，就想着算是给后辈一个学习机会。哈哈，被孩子们坐在膝盖上，连脚都麻了，却始终没有说出来，这样的三步酱，我很喜欢哦！"

"我要是能说出来就好了！"

但是对没勇气说出口的自己，能有人这样理解，算是件好事吗？三步一会儿觉得是好事，一会儿又不确定了。

"说不出口也是可以的哦！"

……嗯？

"只是我是那种能说出口的人而已。"

啊?

三步思考着前辈说的话的时候,前辈微微举起了手:"话说,我不仅是能说出口的人,还是非常机灵的大人,所以不会做那种无偿奉献的事情哦!"

"哦?"

温柔前辈的表情,既没有很严肃,也没有很狡猾,她心平气和地在自己的包中翻找着。

"作为代班的报酬,拿到了这个哦……餐厅连锁店的股东优待券。"

"哇哦,果然是大人的世界……"

自己到底在说什么,三步也不是很明白,只是听到"股东"两个字后,不自觉地说了出来。

"刚好两人份的金额,要是三步酱接下来没事的话,要不要一起去吃蛋糕呀?"

"哦……还可以这样啊……可,可以一起去吗?"

"当然可以啦!还赠薯条呢!"

"太感谢啦!"

这次说"酒池肉林",应该没错了吧?嗯,大概吧。

"接下来才是真正的约会哦!"可能前辈经历过各种各样

的约会吧，所以没有任何歧义地说道，连呼吸都似乎轻轻地飞
舞了起来。

前辈的说话声和呼吸仿佛都披上了一层色彩，越发可爱。
三步的胃突然涌现想要吃鲜奶油蛋糕的感觉，不过这奇怪的念
头还是扼杀在心中吧！

要是说出来，就算是温和的前辈也会感到可怕，要躲开
吧。就像前辈说的，有时候不说出来，事情可能会往好的方
向发展。

"不过，三步酱就算不说，心里想的也都写在脸上了呢！"

"啊?!"

"知道三步酱有些不安，所以为了鼓励你，那个小女孩才
会坐在你的膝盖上吧！"

啊，太好了，虽然因为让那个孩子为自己担心而感到心情
复杂，但是刚刚在自己心中涌现出来的奇怪想法没有被看破，
真是太好了。不，不对，我只是喜欢鲜奶油而已！冤枉！放
开我！

"那下次来，我要好好感谢一下那个小女孩！"

"嗯，下次再一起去。"

三步非常高兴，就这样定好了下次的约会，也很认真地用
语言向温柔前辈表达了这份喜悦。

　　尽管过了几天，三步问可怕前辈："温柔前辈说的下次一起去，到底是去还是不去？"

　　可怕前辈回答道："都有可能吧。"

　　三步顿时凌乱……而这也都是后话了。

麦本三步 喜欢你

麦本三步也是会喜欢人的，也会思念一个人而夜不能寐。

也会一见面，就出一身汗，声音还颤抖，连说话也比平时更口齿不清。只是衣袖和那个人碰了一下，也会产生口中塞满了鲜奶油般的幸福感。

三步会如此激动地为自己辩解，原因得从前不久的一段经历说起。

最近，大学时玩得比较好的一位男性友人，因为工作的原因，搬到了三步家附近。想到今后多了一个能随时和朋友见面的去处，三步非常高兴，就嚷嚷着要去朋友家附近开个欢迎会，还让朋友预约了一家烤肉店。是的，不是三步自己预约的，而是让朋友预约的。三步到达店里的时候，朋友已经先到了，当看到三步的时候，如往常一样露出满脸微笑。虽然一直都有发邮件或通电话，但实际上已有一年多没见了。三步情绪高涨地叫了声"吨"，然后靠近对方，就在准备轻轻拍打对方一下的时候立刻停住了。好险，差点养成和某某一样的习惯了。

三步对自己已经无意识地被前辈们的各种习惯同化感到恐惧，不过基本上那天的聚会还是很开心的。吃着美味的食物，互相说着彼此的近况，算是度过了一段非常快乐的时光。三步甚至相信这样美好、缓慢的时间会这样一直流淌下去。

可是接下来，三步一边生气地盯着朋友，一边谈起自己的恋爱观，而这种尴尬局面的罪魁祸首就是眼前这位三步本以为彼此之间可以无所不谈的男性朋友。

"说我没有恋爱的大脑？什么？不过就是上次的恋爱不是太顺利而已，基本上我还是一个会陷入爱河的女孩嘛。"

接收到三步的眼神，朋友看起来很快乐地微笑着。看来免不了要开战了，三步正要拿起一次性筷子的时候，对方说话了："这样也好，我就可以毫无顾虑地随时邀请三步一起玩了！"

的确如此，听着朋友的话，三步松开一直握紧的拳头。虽然三步不是那种有了男朋友就远离男性朋友的人，但与其他男性朋友有交集可能会让男朋友有所顾忌吧。能有一位无须顾虑的玩伴真是太好了，三步开心地想着。不过，这家伙也不把话说明白，害得差点就要吵起来，真险。

三步喝了一口啤酒。

"啊，话说三步呀……"

怎么了？要是再说什么令人不爽的话，我就马上让啤酒变成毒气。之前用水做过练习，应该能做到。

"喜欢水族馆吗？之前前辈给了票，我刚搬来也没什么其他的朋友，要是三步有空的话，要不要一起去？"

哇哦！

"去……"

只要有好消息就会将愤怒和不信任抛到一边的肤浅三步。虽然听起来对方好像是无可奈何才邀请的三步，不过三步对此一点都不在意。

朋友也看起来很高兴地从包里拿出手账，和三步聊起令人充满期待的水族馆之行。

再次见面是两周后了。在这期间，三步被前辈们教训，又被前辈们安慰，内心还是非常期待这天的水族馆之行。

集合地点是三步家附近的便利店，他会开车过来。三步若无其事地走到停车场，发现对方正抽着电子烟，呆站在那里。当发现三步后，又和往常一样露出灿烂的微笑，向三步招手示意。在三步挥手回应，靠近他的时候，朋友已将烟收回口袋里了。都已经是夏天了，他还穿着干净整齐的长袖衬衫。看起来很厉害嘛，三步想着，嘴角不自觉地上扬。

　　简单打了招呼，三步坐进停在附近的小车里，这好像是为了方便工作才购买的二手车。因为是二手车，三步想着会不会留有之前的车主的气味呢，不过坐上副驾驶座之后，却飘来清香的味道。空调也开着，令人很是舒服。

　　"车子整理得好干净啊！"

　　"虽然有点小。"

　　"得快点找个女朋友来坐这个位子啊！"

　　"才刚见面，不用那么毒舌吧！"

　　朋友边说边笑着。他暂时没有女朋友这件事，是之前通电话时三步获得的信息，从那以后三步就一直拿这个开玩笑。昨天也是，不过一边开着朋友的玩笑，一边也开始担心起来：这么干净清爽的男生，为什么会没有女朋友呢？难道是因为作为朋友离得太近，反而没有发现什么重大的性格问题？话说还是第一次坐朋友开的车，该不会握上方向盘后就变了个人吧？不会吧？

　　这样的担心当然是毫无意义的。车子非常平稳地行驶了三十分钟，当到达目的地的时候，刚好三步的肚子已经咕咕叫了。为了满足三步的需求，两人决定先去附近购物大楼中的餐厅觅食。

"嗯……好吃！"

吃着美味的咖喱饭，三步不自觉地发出赞叹，朋友又是一副看起来很有趣的表情，吃了一小口蛋糕。朋友的肚子应该还不太饿吧，让他陪着自己吃饭，三步感到很是抱歉。但是实在无法抵抗饥饿，那就不点大份好了。朋友却微笑着说"不吃饱就不好啦"，反而担心起三步的食欲。

从正面接收到朋友的微笑的三步，想着这个人应该很受合作伙伴的喜爱吧，他的微笑看起来一直都是真心实意地在为对方着想。

看到三步吃完咖喱后，朋友请附近的店员为三步端来一杯咖啡。店员问是否可以将空盘子撤下，三步便乖乖地将手中的盘子和勺子交了出去。朋友还请店员将盛蛋糕的盘子撤下去，但没有躲过三步的眼睛的是：盘中还留有一点蛋糕。不过就算是三步这种吃货，也不会叫住店员夺回盘子的，这点羞耻心还是有的。

回想起吃烤肉的时候，好像也是三步单方面地在大吃大喝。虽然三步觉得这是件很奇怪的事情，但是好像从大学开始就是这样了。

三步不禁问朋友是不是在减肥。仿佛自己的秘密被揭穿了一样，朋友的表情有点尴尬。

"对对，就是那个八分饱减肥法，喜欢的东西都可以吃，但只能吃八分，要剩下两分。"

这是什么让人不爽的减肥法，三步心想。如果一开始就不让吃，那还能忍受，但如果一开始就知道不能将自己喜欢的食物全部吃掉，三步可是无法做到。啊，不过喜欢就是喜欢，要是否定只能吃八分饱，不就否定了对食物本身的喜爱？嗯……纠结了半天后，三步得出的结论如下：

"下次先将要剩下来的两分食物给我。"

这是多么两全其美的办法啊，朋友却大笑了起来。虽然被嘲笑了有点不爽，但被他的一句"不愧是三步，想法真特别"抚平了，三步也觉得这的确是只有自己才能想到的方法。关于这点，朋友能给予理解和赞同，三步认为这是最高的赞美。

喝完咖啡，离开餐厅，两人向今天的目的地——水族馆走去。因为是休假日，购物大楼里到处都是孩子们嬉戏打闹的声音。

水族馆入口的售票处排起了长队。三步问朋友可否先去一趟卫生间，当然不可能被拒绝地速去速回后，朋友已经在售票处将兑换券换成了入场券。

水族馆内很显然人也很多。有父母带着孩子们出来的，也有情侣，还有成群结队的，都在水槽前走走停停。三步按照顺序排着队，欣赏着水槽中的生物。为了不妨碍后面的人观赏，三步非常小心地侧着身子，心想这状态好像在吃酒店的自助早餐啊。

"我们好像机械流水线上的商品啊！"

他的想法好像不一样。朋友觉得他们像是被放在工厂传送带上的东西。还真是，三步面对着企鹅的方向点了三下头，看着这样的三步，朋友又是一阵大笑。

随着队伍前行了一会儿，道路开始变宽，眼前出现了聚集着好多鱼的筒状大水槽。

三步小声地发出了"哇哦"的感叹。平常无法看到的生态景象，通过人的技术都展现在这里了呢！每当在水族馆或者在电视上看到眼前这样的水槽，三步都会想我们这个叫作地球的行星不过是困住人类的一个大水槽而已，也可能正从四面八方被观赏着呢。想着想着，或许觉得自己的失败可能正被不知道在哪里的什么人关注着，三步顿时有点羞愧。但同时，想到有可能自己的努力也正被不认识的谁看到，从而喜欢上自己，三步又充满了希望。

三步沉默不语地看着水槽，恍然间感觉像是注视着整个世界。回过神时看向身边，发现朋友没有看着水槽，而是看着自己。

嗯？这是怎么回事？正当三步纳闷的时候，朋友又恢复了往日的笑脸。

"不好意思，不好意思，就是突然发现，三步你真的和以前一模一样，都没有变啊！"

"嗯？你这是在调侃吗？"

"不是啊。"

那这算什么啊，没变，是什么意思啊？

琢磨着朋友话里的意思，三步回忆起和他相遇时的情景。

那是大学一年级的时候。上课的地方、打工的地方、年纪完全不同的他们在大学食堂相遇了。不是在食堂里面，而是在食堂外。对食堂的菜单还没有完全了解的三步，为了让今后的大学生活更加丰富多彩，很认真地研究着食堂外放着的大型菜单牌。那个时候的全神贯注，恐怕在之后的大学四年考试中，三步都没能完全发挥出来。等三步回过神，准备伸个懒腰，右臂向后展开的时候，刚好打到从身边路过的朋友。三步不禁心想这是怎样的相遇啊！

那个时候三步立刻低头认错了，之后在校园里偶尔也会碰到，但因为感觉到抱歉和尴尬，所以三步每次都会点头示意。终于有一天，朋友主动搭话，告诉三步自己并没有生气，在那之后，通过聊天，二人慢慢成了朋友。虽然经历了一些无法用语言表述的事情，但这可能是人和人成为朋友不可或缺的经历吧，三步不禁如此想着。

　　绕过大水槽，三步一边思考着一边走到了朋友的前面。难道我真没有变吗？不对，我感觉自己还是有变化的呀，人是会变的。虽然距初次相遇不过五六年，但即使这样，自己也是有变化的吧。先不说年纪，那个时候未曾经历过的各种各样的事情，轮回似的渐渐渗入自己的内心，至少性格方面是在发生变化的。外貌上，与之前相比，需要化妆的频率变高了，也变得能稍微客观一点地去看待自己了。但是这些变化全是三步自己的主观认知。

　　在他人看来，可能并没有发生变化吧。又或者朋友是在说生命力或者是灵魂之类的没有变化？他是会谈这种身、心、灵话题的人吗？

　　一边走向深海鱼观赏区，三步一边偷瞥了一眼朋友，发现朋友又在盯着自己。这人到底想怎样啊？三步一边纳闷着，一边思考着认为自己没有变的朋友是否有变化。

　　三步认为还是有变化的，他变了。首先，第一次看见朋友开车。其次，朋友比之前瘦了。因为价值观不同，所以三步没有多说，但三步认为朋友完全没有必要减肥，实际上已经比以前瘦了很多。那内心呢？面对发生变化的自己，还是用从前的相处方式来与自己相处，这样看是不是他也发生了变化呢？一阵胡思乱想后，三步感觉自己的大脑似乎发出了"砰"的巨响。

　　"其实都可以啦，"朋友一边歪着头不可思议地看着随着
环境变化改变身体颜色的小章鱼，一边解释道，"有变化也好，
没变化也好。"然后又恍然大悟地补了一句，"是啊，三步就
是那样的啊！"三步虽然对补充的这一句非常在意，却没有找
到合适的机会询问朋友。

　　之后的水族馆之行，两人玩得还是很开心的。看到巨型螃
蟹的水槽，三步非常惊讶地靠近，像傻瓜一样贴着玻璃，呆呆
地注视着螃蟹。结果被水槽对面的小学生们故意模仿，还被嘲
笑了，这让三步感到非常害羞。

　　在海豚表演的现场，两人一边吃着炸薯条，一边看着海豚
们出色的表演，也为积极上台参加表演的孩子们加油鼓掌。中途，
三步突然说道："不知道海豚们的工作时间有多长呢？有没有
拿到应有的报酬呢？"说完又看向朋友，他也刚好在看着三步。
对上朋友的眼睛，受到惊吓的三步把薯条撒在朋友的手表上。
但是非常了解三步的朋友并没有生气，而是温柔地看着三步慌
张地收拾薯条的样子。

　　三步纯粹地、真心地觉得这一天非常快乐，有这样愉快的
一天真是太棒了，相信朋友也一定是这么认为的吧。

　　迟钝的三步当然是无法了解朋友微笑背后的含意，以及内
心深处的世界，所以想当然地认为他和自己的感受一样。

之后受到惊吓也是意料之中的吧。

海豚表演结束后，两人暂时留在原地，让大部队先行离开。

三步正摆弄着和薯条一起买来的茶饮料瓶，朋友犹豫着叫唤了一声："那个……三步……

"非常感谢，今天和我一起来水族馆。"

"什么？哦，感谢什么呢？"

拿到票邀请自己来的明明是朋友啊，为什么要感谢自己呢？三步不明所以地等待着朋友的详细说明。朋友笑而不语，可是这次的微笑和往常的完全不一样，到底发生了什么呢？三步不禁一副疑惑的表情。

他的微笑看上去不是那种和朋友在一起的愉快的微笑。

"那个……"

"嗯？"

"那个，突然说这样的话，自己也觉得是不是有点……"

"什么呀？怎么感觉那么可怕？"

面对三步的真实反应，这次朋友没有笑了。

"其实从上次和三步再见面开始……"

嗯？怎么了？

"不对，其实是从更早之前就一直……"

到底是什么？

"一直都在想什么时候一定要说出来。"

他好像是要说什么非常重要的事情。

突然，面对朋友非常认真的脸，三步不禁睁大了双眼。

"我有一件必须对三步坦白的事情。"

"……"

紧闭着双唇，三步突然想到……

啊！难道是告白？？

难道我要被告白了？难道是那种交往了很久的老朋友，在不知不觉中喜欢上了自己？不对，我并不是这种类型的人啊！明明大家都说自己是那种越是了解越是不会想要去交往的人啊！不过要是对方是认真的，我也是会好好考虑一下的，但是做朋友的时间实在太长了啊！

三步难得大脑转动飞速，思考着各种可能性，却很遗憾没能听到他接下来的话……

因为就在附近，突然传来大人的怒吼声，打断了他们的对话，真是！为什么要在这个时候呢？

听到怒吼声，三步本能地身体颤抖了一下。循着声音，看到一个被大人训斥着正在哭泣的男孩。

虽然被吓到了，但仔细一看，原来是小孩子到处乱跑，撞倒了婴儿车，作为父母的大人们正义正词严地教育着孩子。三步经历过这样的场面，所以也就安心了。

然而三步的手腕突然被谁抓住，比刚才更巨大的惊吓再次袭来。

"天哪……"

三步不禁脱口叫出声。顺着自己充满脂肪、看上去很好吃的手腕，看到手的主人，才消除了紧张，但疑问也涌上了心头。

"怎……怎么了？"

抓住自己手腕的正是之前露出复杂笑容的朋友，三步这才变得安心，但同时又觉得莫名其妙。

即使三步不停地询问，他也只是睁着眼睛，盯着训斥声传来的方向，仿佛没有听到三步的声音一样，没有任何的反应。但是抓住手腕的力度越来越大，疼痛感渐渐传递到三步的大脑。

看着朋友的反应，就算是三步也明白了，事情没那么简单。

终于，三步回过神，首先得让自己的手腕得到解脱，要不然，自己的手臂就要被捏碎了。

要是大叫或是弄出巨响，可能会让周围的人也陷入恐慌吧。当然，这可能也不是朋友所希望看到的局面，三步如此认为。

小声地，像朋友之间嬉戏打闹一样，给他一点攻击，让他发现自己在干什么吧。

嗯，就这么办吧。

来吃我一拳吧。

"我打！"

三步用力敲打了朋友的头，下手还挺重。朋友一声"好疼"，
脸面朝下跌倒，抓住三步手腕的手终于松开了。虽然比平常三
步受到的敲打要重七到八倍，但效果还是不错的。

手腕上的疼痛消失了，三步顿时感到安心了。仔细看了看
手腕，发现已经被抓红，还留下了手印。三步没有生气，却困惑。

"没……没事吧？"

三步小心地问着朋友。他慢慢地看着三步的眼睛，然后看
到三步的手腕，终于发现了自己刚才的行为，表情很是抱歉。
三步知道接下来他要说的话，于是先开口说道："没关系，不
用道歉哦！"

"对……对不起……"

"呃，竟然无视我的话！算了，要不先出去吧？"

朋友点了点头。"能站起来吗？"面对三步的询问，朋友
又点了一下头，然后拉着三步的手，站了起来。

幸好，海豚表演的场所在水族馆的最后面的区域，从这里
很快就能离开水族馆了。这次比起说是朋友抓住三步的手腕，
不如说是三步扶着朋友一起向出口走去。途中，尽管三步说了
很多次不需要道歉，但朋友还是不停地向三步说着道歉的话，

而三步也不停地回复着"没关系"。

　　走出水族馆，将朋友带到人少的停车场附近的公园，让他在有遮蔽物的长椅上坐下，又跑去买了一瓶水递给他，朋友再次向三步说了抱歉。

　　"好了，等你冷静下来再说吧。"三步像部队长官一样，用强硬的口吻说道。

　　听到三步这么说，朋友终于喝了一口水，静静地深呼吸了一下，三步也并排坐了下来。

　　然后就是等待，多久都可以等，方才发生了太多事情，三步也需要时间让自己平静下来。

　　终于，朋友叫出三步的名字。

　　"三步……"

　　"嗯。"

　　"抱歉……"

　　都说了不用道歉，这人真是。本以为对方又要开始道歉的三步，听到接下来的话愣住了。

　　"我撒谎了。"

　　"啊？"

　　"对不起。"

　　为什么会说这个？这句话什么意思？三步难以理解。

"到底怎么了？"

"我对三步说谎了。"朋友没有看着三步，继续说道。

到底是什么事情？三步心想。所以再次问道："是什么事呢？"

但是朋友没有回答，什么都没有说。

正想继续追问的时候，三步却沉默了。

朋友看着正前方，三步看着朋友，就这样静静地坐在那里。

虽然不知道朋友何时才会将心里的话说出来，但三步愿意等下去。只是，等待这种行为和状态让三步觉得像在被谁威胁一样。

自己忍耐，也让对方忍耐，这可能也是一种勇气吧！关于这点，三步还是比较胆小的。

"要是不想说的话，也没关系哦。"

要不是被三步这么一说，可能就没有办法说出口的朋友，也是个胆小鬼。

"……那个……"

三步吞了一口口水。

"一直都在想，一定要说出来的！"

这句话终于让三步明白，朋友正努力想要继续刚才的话题。当然，从他的表情就能觉察到这应该不是什么告白，就算是三步也能看出来。

终于，朋友将在和三步没有见面的这一年间所发生的事情全部说了出来。

进入社会后，在人际关系中所受到的各种伤害；小时候的阴影；家人的事情；一听到人的怒吼声，就会陷入恐慌……

然后……"好想死。"

朋友终于将三步可能一时间无法理解的秘密和盘托出了。

三步虽然在想对方怎么会突然说出这样的话，但是也明白，情绪的倾听者总是被突然选中的。

他说因为工作原因搬到三步家附近，这也是谎言。

"想过死，但失败了。"

真是太好了，虽然已经是过去的事了，三步还是抚了一下胸口，松了一口气。

"就在想下一个让自己能成功死掉的方法的时候，突然想到了三步，想再和三步你见一面，于是联络了你。因为不想让你担心，所以撒了谎。但是，撒谎，怎么说呢……没想到给三步你添麻烦了，真的是，非常抱歉。"

朋友话不成句，但三步听明白了。

这个时候，应该说些什么，可能有些人非常明白吧，但三步不明白，也不会。

不过至少三步按照顺序，将朋友所说的话一一听了进去。

三步也没有怪自己为什么之前没有发现朋友的异常。

今天也好，之前的见面也好，以及一年多的邮件或者电话联系，朋友一点都没有表现出自己的痛苦，三步是不可能发现的，也根本不会想到朋友有寻死的想法。

只是，对于朋友为了不在自己的面前露馅而努力隐藏着，三步不禁一阵心痛。

还一直用微笑面对着自己，也让三步感到头晕、心痛。

之前应该有很多想说明真相、希望获得安慰的时候吧。想到一直忍到今天的朋友，三步的腹部不禁好痛。

他可能也是不知道该怎么说吧，所以选择了隐瞒。

三步能想象出一般对像朋友这样的人应该说些什么话，但是这肯定不是三步自己真正想对处于痛苦中的朋友说的话。所以，三步什么都没有说。

突然间觉得世界变得过分宽广，被恐慌袭击，甚至还能听到乌鸦嘶哑的叫声。

对于三步的沉默，朋友果然什么都没说。

三步获得了充分的整理自己的心情的时间，也终于找到将自己的真实想法表达给朋友的语言。

三步慢慢地张开双唇，像是只为传达给朋友一样，用穿透这个宽广世界的、非常响亮的声音说：

"那个……"

不等朋友做出反应，三步继续说道：

"要死也可以哦！"

重要的朋友竟然将自己的内心世界变得如此痛苦、狭小。

"你的痛苦，我无法理解。所以，如果真的觉得什么都无法忍受的话，死也可以，我不会阻止你，也不会说什么不能死，这不是我这个无法理解你的痛苦的人来决定的，因为这是你的人生。"

像三步这样认为说实话是一种美德的人是不存在的。随着人的成长，这种美德不知道什么时候就不见了。三步想着就算被人说也不要紧，还是和朋友说了实话。

"无论变成怎样都无所谓，不管你变得有多不堪，即使什么都没有了，就算你死了，一直喜欢着你的我至少还存在，所以希望你能放心地活下去。"

朋友用力握紧瓶子的声音传来。

"我想说的，大概就是这样吧。"

要是能用更好的语言表达出来就好了，要是能用让朋友打起精神的语言就更好了，但不管怎样，这就是三步。

接下来，也没有说什么特别有意义的话，时间就这样慢慢流逝着。不知什么时候，朋友突然回过神，说了句："回家吧。"三步没反对，状况看起来还好的朋友坐进驾驶座后，三步也坐进了副驾驶的位子，被朋友送到家门前。

最后，在家门前，朋友所说的感谢话语，三步到现在也不太明白是什么意思，不过当时三步什么也没问。

回归一个人的时间，三步和往常一样生活着。夜晚，钻进被窝后，像是不想让人发现一样，三步哭了。

朋友辞职了。

好像会暂时生活在远郊的祖父母家。

三步今天也在图书馆工作。被教训着，受着伤，但还是非常认真地工作着。可能会有那么一天，三步能真正理解朋友的痛苦吧。但是想着这些生活，对三步来说是很难的。现在只要全力以赴地做好自己眼前的事情就好了，也只能做好这些了。

希望朋友也是，先暂时不去思考周围的事情，只为了自己好好生活。

过了一段时间，当再次收到朋友的近况报告和道歉邮件的时候，三步只回复了一句话：

"下次，把剩下的两分食物先给我吃。"

麦本三步　**喜欢波路梦的点心**

麦本三步的饮食基本上是高热量的，所以自己也明白，身上必然是堆积了很多脂肪。不过可能是三步很会穿衣服，又或者代谢特别好，除了走路出行和偶尔的拉伸运动，几乎不运动的三步看起来却并没有很胖。然而这也并不完全是件好事，因为经常会被女性前辈们调侃道："三步真好，怎么吃也不会胖。"

进入暑假后，随着所有课程的结束，图书馆也停止开放了。这天傍晚，三步为了摄取美味的高热量食物，走到离家徒步大约四十分钟的超市。虽然有点远，但是三步喜欢这里高高的房顶。如果远的话，骑自行车不就好了？经常听到朋友这样说，三步也并非不想快点到达目的地，但……对的，三步不擅长骑自行车。

从超市的自动门进入，拿起购物篮，三步奔向零食区。其实今天就是为了补充家里的零食库存才来这里的，想到怀中抱着各式各样的零食，三步就有种说不出的幸福感。糖，油，糖，油，听起来不是很好，但美味的东西怎么可能对身体有害呢？

今晚也好好享受高热量的美味吧！一想到这儿，三步刚好看到最喜欢的迷你蛋糕卷，于是立刻蹲下，果断拿起放入购物篮。白色鲜奶油和小蛋糕卷的组合，像是被禁止的黑魔法一样，光是想象着那绝妙的口感，三步就已经忍不住了。光是想着送到嘴边的瞬间，就已不自觉地发出"嘿嘿"的声音。

买了甜食后，接下来自然是要买些偏咸的零食了，不知道为什么，三步突然用大小姐的思维反复思考着站了起来，刚好看到一个女的正从零食区走过。

"我的天。"

啊……要是没发出声音就好了。但因为已经叫出了声，所以对方也发现了三步，不自觉地抬起了眉。

"哇哦三步，不对，你叫什么天啊？"

"对……对不起。"本想说清楚的，结果又结巴了。

三步一身汗，虽然不会再叫出声了，但脑子里全是"天哪，真的假的，骗人的吧"的惊讶声，不过这并不是瞧不起对方的表现。打个比方，对，就跟小学生放学后，在回家的路上遇到一只很可怕的狗，然后不假思索地将内心的恐惧喊出来是一样的。如果这样就被说成小看对方，那三步也是没话可说了。事实上,每次被教训的时候,三步虽然嘴上会说"下次会注意的啦",但在心里会不自觉地吐一下舌头。

基本上来说是三步的天敌的可怕前辈,正单手挎着购物篮,慢慢地向三步的方向靠近。

"您……您好,今天天气真好啊!"

"没必要那么毕恭毕敬的。话说三步好像不住在附近吧?"

前辈当然是知道三步住在哪里的,所以三步就只能解释为什么要到离家徒步四十分钟的地方来。

"因为这里很高。"

"如果贵的话,还会来吗?"

"啊,我说的是房顶很高。"

"说话重点怎么前后颠倒啊,而且这是什么理由?"

面对过度关心后辈的可怕前辈,三步只能保持着尴尬的微笑。

不知道眼睛该看哪里的三步,偷偷扫了一眼前辈的购物篮,发现里面有两条白色的鱼。

"是要炖鱼……"脑海中浮现的画面脱口而出,就算后悔也为时已晚,对方早已听到并明白话中的意思了。

"啊?哦,是说这个比目鱼啊!不过三步你又买了一堆垃圾食品。"

"为了生存，据说对身体好的食物才会觉得比较美味……"

"怎么可能？"

还没等三步反驳完，前辈就打断了话题。尽管三步明白自己说的是谬论，但也不希望被认为是毫无意义的。

"对了对了，虽然本来打算做炖比目鱼的，但是好像用不了那么多，三步你要吗？"

"嗯……"三步纠结了一会儿，突然想起自己不会做炖菜，于是摇了摇头。

"那个，虽然很想吃，但是没有煮菜的技术。"

"啊？你不会连煮汤的锅都没有吧？"

"不是，锅有的。"

"那就该说你不会煮菜，说什么没有技术呀！你是机器人吗？"

不愧是时刻调侃后辈但又为后辈着想的可怕前辈。前辈盯着比目鱼，一会儿突然像想到什么一样，睁大了眼睛。

"三步，你喜欢吃炖菜吗？"

"不是，那个，我不会做炖菜啊。"

"我知道啊，所以问你要不要吃我做的。"

"什么？"这是什么意思？

"我家，离超市很近哦，很快就到，要不要来我家吃炖比目鱼？”

　　这到底是关心还是诱惑？先不管这些，三步的头像捣蒜一样对着前辈疯狂地点。

　　“去，去吃。”

　　三步想了好多，想到前辈很可怕，还有自己很认生，但这些都被贪吃的欲望打败。

　　虽然知道去店里吃或是自己煮会很好吃，但还没有尝过别人亲手为自己做的料理。专门为了某个人而亲手做的美食，对一个人生活的三步来说很少有机会可以品尝到，三步没有理由拒绝这么宝贵的机会。

　　“那要不再做一个菜吧，三步想吃什么？”

　　“只要是前辈做的，都，都可以。”

　　装什么可爱的后辈啊，三步不禁在心中吐槽了一下自己。

　　“真的？哎……其实我也是第一次给别人吃自己做的菜，还挺紧张的。”前辈一边有点害羞地笑着，一边朝生鲜食品区走去。看着和平常不一样的前辈，三步突然觉得好可爱，居然有种这人难道是我女朋友的错觉。

　　“对了，晚点用摩托车载你回家。”

　　啊，不对，这人果然是我的男朋友……

　　“前……前……辈……”

"别叫得那么恶心……"

"对……对不起。"

好不容易表现得像个十分喜欢前辈的可爱后辈，就这样瞬间被摧毁。可怕前辈拿起猪绞肉，放进了购物篮。

可怕前辈的家离超市真的很近。背起装满零食的购物袋，再帮前辈提起一个大袋子，大约走了五分钟就到了。走进干净整洁的公寓大楼入口，在电梯口偶遇一位手推婴儿车的妈妈，然后打开位于八楼角落的大门进入前辈家，三步迫不及待地问道："做到前辈现在的位置，工资是不是会涨三倍啊？"

"很遗憾，这间房子两个人支付的话，也并不是很贵的。"

"这样哦。"

好可惜。

等等，两个人？

"您不是一个人住？"在纠结要不要说"打扰了"的三步问道。

可怕前辈头也不回地向客厅走去，途中顺手将右手边房间的门关上，然后随口说道："两个人住。"三步呆呆地看着脚边前辈的鞋子和自己的脚。

进入客厅后，看着被收拾得干净整洁的房间，的确有和可怕前辈不同的其他人的味道。虽然三步自己也无法解释清楚，但的确是和可怕前辈感觉不一样的味道。

三步这下想到可怕前辈既不是自己的女朋友，也不是自己的男朋友。

向前辈打了招呼，三步走进梳洗间洗手和漱口。这里也被收拾得很干净，排列整齐的护肤品旁边放着漱口杯，里面放着颜色不同的牙刷。

回到客厅后，三步想起方才忘记说的事情。

"啊！"

"什么？"

"没……没什么，不小心发出了声。"

因为已经鼓足勇气问出本不应该也本没必要的话，所以三步问从洗手间出来的可怕前辈有什么需要帮忙的。可是，也许是平常上班的状态让三步已经失去了信用，又或者是充满想要好好招待客人的服务精神，前辈让三步就乖乖坐在客厅的四人餐桌前。

"你可以看电视或者做其他什么哦。"

其他？有什么其他事情可以做？跟在前辈的后面？

话说虽然现在也没有必要再说，但是："那个，今天真的可以在这里吃饭吗？"

"正好煮了两人份的饭，刚刚好。话说，现在问是不是太晚了？"

还以为会被无视呢，果然又被调侃了，三步赶紧道歉。虽然并没有想被教训，但被前辈这么一说，不知为何反而放心了。平常和前辈排班没有在一起的时候，是真的感到轻松。啊……现在想起上次被教训的场景，心还怦怦直跳。那次前辈教导三步，要努力成为一个让读者们信赖的工作人员，所以三步很努力地向来还小说的孩子们积极推荐同一作家的作品，结果让整个前台的工作效率降到五分之一。

看着傍晚的新闻节目，厨房里传来丁零当啷的声音，也飘来诱人的酱油底料的香味。三步不自觉地发出"哇哦……"的声音。"怎么了？"被前辈问到，但其实并没做什么的三步不知该如何回答。

就在三步不知如何回应的时候，做饭继续进行着。塑料袋被打开的声音，切包菜的清脆声，最终飘来味噌汤的香味，三步不禁又开始产生错觉：果然我们是一对新婚夫妇啊！

混乱间突然想着要不要叫唤一声可怕前辈的小名呢，但最终还是保持了清醒。可如果是新婚夫妇的话，应该不会被骂吧？被内心的小恶魔怂恿，三步艰难地奋战着。就在这个时候，一盘盘美味的佳肴被端上了餐桌。出于礼貌，三步还是说了句"我也来端菜",但瞬间被拒绝了。这可能也是为了服务自己吧?

端坐在餐桌前的三步面前,有沙拉、生姜炒猪肉、饭、味噌汤,还有炖比目鱼。

"不好意思,都是一些简单的菜啊。"

不相信这样的话居然会出自可怕前辈,三步赶紧想要表达菜很丰富、很感谢的心情。

"我肚子好饿。"

好,又说错了。但是前辈只说了句"饭可以再添",然后将热茶壶和茶杯递给了三步。为前辈的仁慈而干杯吧!

"我开动啦!"三步用心地双手合掌。今天的料理,每一道都非常美味。

晚饭后,三步一副大爷我很满足的样子,四仰八叉地坐在椅子上时,做了一桌好菜的前辈为自己泡了一杯咖啡。就在把自己当成大爷,就要脱口说出"退下去"的时候,三步赶紧回归庶民心态,接过咖啡恭敬地向前辈说了句谢谢。

作为庶民是需要向上级献上东西的,所以三步从自己的购物袋中掏出零食,双手递给坐在对面的可怕前辈。

"小小心意,可以配着茶一起吃。"

"你买了那么多啊?"

"嗯嗯，从甜的到咸的，各种种类，应有尽有。"

看着可怕前辈非常感兴趣地拿起袋装和盒装的零食，三步心想前辈大概平时很少买零食吧。

迷你蛋糕卷、浪漫多可可奶油味曲奇饼干棒、帆船牛奶巧克力夹心饼干、普奇小饼干、三角巧克力蛋糕等等。

这次三步买零食的主题就是——

"这不全都是波路梦的零食吗？"

"正确！"

三步不禁兴奋得拍起了手，前辈脸上浮现出微妙的笑容。难道前辈是喜欢森永牌的零食？两个都很喜欢，即使可怕前辈看不上波路梦，三步也还是无法放弃心爱的波路梦。就算对方是今天做了一桌美食的可怕前辈，三步也要为了波路梦而奋战。当然，这些都是三步自己在胡思乱想。

"这个巧克力小蛋糕叫这个呀，小的时候经常吃呢。"

"虽然小，但形状本身就是个蛋糕，对吧？"

"那个帆船夹心饼干，原来不是只有蓝色的盒子啊！"

"今天想体会成熟大人的感觉，所以选了黑色盒子，嘿嘿！"

"这一个就有六十八大卡？"

"没办法，谁叫迷你蛋糕卷是这个世界上最美味的零食呢！"

　　话刚说完，可怕前辈就呵呵笑了起来，三步顿时安心了。"随便挑选您喜欢的吧。""那我就选世界第一美味的这个喽。"前辈边说边打开迷你蛋糕卷的袋子。自己喜欢的东西也被他人喜欢真是件令人开心的事情。三步刚打算也选迷你蛋糕卷的时候，前辈已经从大袋子里拿出两个小包装，一个递给了三步。

　　"哇哦，好久没吃，还挺不错的呢！"

　　"每天吃也很美味哦。"

　　"好像有人说过，这个要是放在休息室的话，肯定立刻就被消灭了。"

　　"果，果然很受欢迎啊。"

　　开心得想要吹口哨，三步噘起嘴唇，但又吹不出声音，只听到呼呼的吐气声。说实话，这时要是能被前辈嘲笑一下的话，还能缓和一下氛围，但现实世界可不像迷你蛋糕卷一样香甜。可怕前辈的脸像蛋糕卷表面的白色奶油一样，没有任何反应，三步就这么呼呼吐着气，看上去像是要接吻的姿势，真想找个地洞钻进去。

　　"三步你喜欢波路梦的零食？"

　　"对，对的。"

　　就在三步想要挖一个洞钻进去的时候，可怕前辈提供的话题解救了她，地板也算是捡回了一条命，没有破一个洞啊，嘿嘿嘿。

"也不是非波路梦不可啦，但考虑到阵容的力量平衡，波路梦最有可能在自己心中的天下第一武道会团体比赛中获胜。"

"你在说什么??"

"我自己也不知道。"

三步也在想自己到底在说什么啊，但这次实话实说的时候，可怕前辈倒是笑了起来。只要笑了，就算不理解自己的意思，也算是一种救赎了吧，就像刚才差点要挖个地洞钻进去的时候，前辈及时解了围。

吃完迷你蛋糕卷后，两人开始将手伸向非常受欢迎的浪漫多可可奶油味曲奇饼干棒。

"这个粉绝对会撒在身上吧？"面对可怕前辈提出的议题，三步提出了在漫画中看到的解决方法，就是边吸边吃。两人于是开始挑战这个方法，但是中途可怕前辈大叫道："这怎么可能做到！"为了展示挑战的勇气，三步继续边吸边吃，结果反而将粉吹得四处都是……

吃着脆脆软软的零食，聊着闲话，时间很快就过去了，咖啡也不知什么时候空了。

"要再喝一杯吗？"

三步刚想说要不再来一杯吧，却看了一眼墙壁上挂着的时钟。

　　"现在时间还方便吗？"

　　"三步没问题的话，我这里完全 OK 哦。"

　　"先生，或者是男友，不会回来吗？"

　　"啊……今天大概不会回来了，所以没事。"

　　这样的话，三步就又要了一杯咖啡。觉察到前辈说另一半不会回来时有点自嘲的口气，明白大人之间总有一些问题，所以什么也没问，乖乖地接过了咖啡。

　　新泡好的咖啡味道香醇，和甜品绝配，三步又伸手拿了一个迷你蛋糕卷。

　　就在三步享受着最幸福的瞬间时——

　　"三步没想过找下一个男朋友吗？"

　　面对前辈突然抛来的难题，三步差点把嘴中的零食喷出来，实际上咖啡稍微从唇边流出来了一点……慌慌张张地用舌头舔了一下。"啊？这要怎么说呢……"然后赶紧喝了一口茶。

　　"也是，在图书馆上班，也是没什么机会遇到合适的。"

　　"对，对啊！"

　　一说到自己的事情就紧闭嘴巴不语的三步，先转移话题为上策。

　　"前……前辈，你是怎么遇到的啊？"

"我们是老乡。"

还在想前辈会不会闭口不谈，没想到顺口就说了出来，三步不禁感叹前辈有着自己没有的成熟潇洒。

"是哪里呀？"

前辈也很快做出了回答。原来是那儿，三步想着前辈的老家有些什么特产呢？但是一时什么都没想到。三步从没有去过，而且可能也不是都市，好像是哪个用方言说话的艺人的家乡。

"哦，有什么有名的东西吗？"

"比如这个？"前辈指向了桌上的迷你蛋糕卷。嗯？什么？迷你蛋糕卷？难道有什么叫作迷你蛋糕卷的名树？要是真有的话，三步便决定要搬过去。

可能是注意到三步思维错乱的样子，可怕前辈仔细说明道：

"就是波路梦的总公司在我老家那里。"

"天哪，是这样！"

三步真心地发出惊讶的声音，让可怕前辈也不禁露出被吓到的表情。

"还以为你知道呢！"比平常表情丰富好多的可怕前辈，从惊讶变成了故意调侃三步的表情。

"连基本信息都不知道，你对波路梦的爱值得怀疑啊！"

肯定是为了调侃三步，可怕前辈才故意这样说的吧。要是一般的后辈，这个时候肯定会说"前辈真是会开玩笑"，然后和前辈互相嬉笑打闹吧。但是别忘了，三步可不具备这样的天分。

"我爱波路梦啊！"

只是想到自己对最爱的零食的爱被质疑，三步就忍不住较真了起来。也不管说话的措辞和语气完全错误，就这样有些生气的三步对着前辈继续说道："就算不知道总公司在哪里，我也是打心里爱着波路梦的，而且每天都不会忘记感谢那些创造出这么棒的美食的人。我不知道您了解多少，又能明白多少，但这种形式的爱的确是存在的。我的这份爱在知识和信息以外的地方，牢牢存在于心中，是有形的爱。我认为这份爱是不能被任何人否定的。是的，说话声音有点大，而且没大没小的，对不起了！现在我也在反省自己到底说了什么，请原谅我！"

忽然生出大声用语言表达爱的害羞感，以及中途突然意识到前辈根本没有故意找碴儿，自己就开始激动起来的后悔感，三步的声音渐渐变小，到最后完全没了声。同时，视线也变低，头也渐渐垂下，默默地看着桌子边缘，满脑子反省反省反省。

对亲自为自己下厨的前辈到底说了什么啊！搞砸了！

三步决定这次要在地上挖个洞钻进去。

"抱歉！"前辈的一句话打消了三步的念头。三步看向前辈——一脸不高兴的样子，这是第一次看见前辈这样的表情。

"嗯，是啊，这样说的确不太好，非常抱歉啊！"

"啊，不，不，你这样说，我……我也……"

没想到可怕前辈竟然会向自己道歉，而且是真的很抱歉的样子，三步不禁有些慌张，然后突然一阵沉默，更让三步不安。

对上前辈的眼睛，不知为何两人都尴尬地笑了，就好像刚刚还在吵架的情侣突然和好的场景。如果是这样的话，那就只有要么和好、要么在此分道扬镳这两种选择。

咦？果然可怕前辈是自己的恋人啊，三步不禁又有些错乱。似乎是为了缓和当下的气氛，前辈喝了一口咖啡，然后意味深长地说了一些事情。

详细内容就不多说了，毕竟是可怕前辈难得只说给三步听的事情。大概就是最近发生在前辈身边的一些大人的问题，刚好又和刚才聊到的波路梦话题有些关联。例如，虽然不了解对方，但也不会感到害怕，不过有时又会感到不安这类话题。

在同居人没有回来的房间里，三步认真地倾听着前辈的话，直到咖啡变冷。

就像雨水会凝聚土壤，摩擦的存在，会让人和人变得亲近吧。从那天开始，三步感觉和可怕前辈变得亲近些了，也发现可怕前辈变得温和了些，不再总是展现可怕的一面。是时候给前辈换个外号了，嘿嘿嘿，然而现实是——

"三步！！！"

刚开始工作没一会儿，休息室里响起从外面不会听到的绝妙怒吼声。当然三步只能乖乖地站着，等待训斥的降临。

吧啦吧啦吧啦……要是漫画的话，肯定在空白处写着这些教训人的话语吧。三步一边想着，一边被前辈狠狠地训斥着。

"记不住的话，做决定前去问问其他人！话说，也该记住了！"

真是，之前不是理解了知识不是最重要的嘛。三步的内心想法似乎表露在脸上，前辈立刻说道：

"工作和爱情是不一样的，规矩和波路梦也是。"

三步感觉好像有颗钉子插在了脑袋上。

但不畏惧这种痛苦，既是三步的优点，也是缺点。

用不着这么生气吧！实际上可能三步自己都没有发现，她还是很仰慕前辈的，而且也不太惧怕前辈了。就这样在脑海中默默地吐了一下舌头，正准备回到工作岗位……"三步……你这是什么表情啊？"

"啊，没……没什么。"本想在脑中吐槽一下的，没想到却傻乎乎地真的做出吐舌头的动作，被突然回头的前辈看个正着。三步只能狼狈地在脑中扮演起撒娇后辈的角色来避免自我崩溃，默默地在心里呐喊："真是的，女孩总是有些不能让人看到的地方呀。"

三步还以为前辈没有教训够，正等着接下来的训斥，突然前辈站在休息室的角落，指着茶水台说道："这个我补了一些新的。"说完有些害羞地向前台走去了。

究竟是什么？三步靠近前辈手指的地方。"哇哦！"小声地叫了出来。

茶水台上放着的零食篮里，装满了三步至今为止没有见过的迷你蛋糕卷。

三步立刻看向休息室出口，再看看零食篮，又回头看向出口。想象着前辈在上班前悄悄地将迷你蛋糕卷装满篮子的样子，又回想起方才前辈害羞的样子，瞬间要将"可怕前辈"的外号换成"可爱前辈"了。

啊啊啊，为我放了这么多迷你蛋糕卷，自大的三步这么想着，直接将爪子伸向了零食篮。

"要吃也是一会儿休息再吃啊！"

"啊！遵，遵命！"

听到身后传来恶魔教官的怒吼声，三步吓得挺直了背，磨磨蹭蹭地走到出口，刚好和可怕前辈并排而站。真是，又没什么事，就是觉得奇怪才回来盯着我的吧！这是暴力！这是霸凌员工！故意用诱饵引我上钩，太可恶啦！

三步又在心中举起反抗前辈的旗子。不过作为社会人的三步当然也明白，不把三步当成小孩，认真地进行严肃教育，是因为她是一位把后辈放在平等位置上看待的前辈。

但是想不想被骂又是另外一件事！

可怕前辈的身影消失在前往阅览室的方向。三步带着一副超级不满的表情，将堆积在前台的归还书籍放到推车上，突然发现坐在一旁工作的古怪前辈和温柔前辈正看着自己。三步惊讶地对视过去。

"怎……怎么了？"

两位前辈没有回答三步的问题，而是对看了一下。

"不管什么时候都感觉她们的对话好有趣哦！"

"就是啊，真羡慕三步酱和那位！"

两人一唱一和，接着又开始工作了。

什么？古怪前辈会说奇怪的话，这并不奇怪，但温柔前辈怎么也在乱说？虽然想去追问，但刚好要接待来馆的读者，忙碌中三步也就忘了。

完成工作后, 三步和可怕前辈一起亲密地吃着迷你蛋糕卷, 然后因为忘记报告一件非常重要的工作, 三步又被狠狠地教训了。

沮丧之后, 三步在不怕麻烦关心他人的前辈看不到的地方, 偷偷吐了一下舌头, 不过是可爱如我的后辈, 又犯了个可爱的小错误嘛, 也没什么大不了的。

麦本三步　喜欢《魔女宅急便》

麦本三步喝醉了。是过了二十岁吧，啊不，其实也不是很确定，反正是到了差不多的年纪，三步喜欢上了喝酒。虽然聚会的时候经常会喝醉，但是这次要说的不是酒，而是类似酒精的某种能让三步醉晕的东西，那就是她自己。

到底在说什么？就算有人能解释，也不知道有多少人能明白，连三步自己也搞不懂，所以他人无法理解也是没办法的事情了。

三步因为自己而醉了，说得再准确点，三步正陶醉于自我的独特风格。

三步也不知道是怎么开始的。不仅如此，三步连自己现在醉了都不知道。但是，三步因为自己而醉了的时候，像规定好了一样，总是不停地被大家说着同样的话。

"果然是三步。"

虽然有被嘲笑的时候，也有令人喜悦的时候，又或是被调侃的时候，但如果大家不约而同地在一天中说了好多次这句话，那就要注意了，三步开始自我陶醉了。

三步会不自觉地自导自演起来。比平时更能吃，笑得更夸张，说话会更频繁地咬到舌头，更容易丢东西。不过后面两项被大家拿来说，倒不是三步的本意。

因为是下意识的行为，所以三步自己没察觉，旁人当然也没有发现。自我陶醉的三步不会比平时更纠缠别人或是一喝醉就哭，也不会让大家受到比平时更严重的困扰。

不过如果有人觉得三步的自导自演是困扰的话，那还是注意宿醉后的三步比较好。

无意识地自我陶醉的三步，第二天起床的瞬间会有莫名的倦怠感。尽管今天和往常一样，但不知为何，三步就是无法原谅没有发生变化的自己。让大家看到和平常一样的三步，这多无聊啊，三步突然涌现出这种莫名其妙的使命感。为此特意改变了发型，换了妆容，穿上和朋友开玩笑时得来的、稍微有点性感的内裤。

如果只是这样还好。无论是涂了深色的口红，还是把衣服的腰身收得很紧，这些都不是他人需要知道的事情。三步的宿醉是在和人见面后才正式上演的。

"早上……天哪！！你的脸怎么了？"

和往常一样严肃认真的可怕前辈，刚走进更衣室就看到三步正在努力背着手系工作围裙，正准备打招呼，一看到三步的脸便不禁受到惊吓。

"嘿嘿，艳丽的红色口红，偶尔这样打扮也不错吧？"

KISSME[①]的口红，不含税九百日元。前段时间看完最爱的《魔女宅急便》后，第二天就冲动地买了下来。

"到底发生了什么？怎么把自己弄成这样？"

有点被吓到的可怕前辈正准备打开自己的储物柜，刚好和三步并排而站。三步顺手顶住可怕前辈的柜门。

"前辈，咱们再多聊聊嘛。"

当然，怎么说呢，预料之中，三步的脸颊又被狠狠地拧了起来。

"走开！"

"哇！！"

虽然不疼，但被捏红的脸可不适合红色的口红。

"那我就先出去等你了哦，呵呵。"三步大声说着，走出了更衣室，假装没有听见前辈的威胁："下次我可要抓你脸

---

① 伊势半集团旗下的彩妆品牌。——编者注

了哦。”

从工作人员专用的更衣室向开馆前安静的前台走去，已经有几位前辈在那里开始闲聊了。大家看到三步后，表情顿时凝固，听到三步用京都腔矫情地说着"早安"，大家更是面面相觑。接下来到底该怎么办呢？大家都很不知所措。"搞什么呢？装什么大小姐！"可怕前辈的声音像救世主一般立刻拯救了这尴尬的气氛。除了三步，大家都浮现出心安的表情。

"今天你这奇奇怪怪的样子就算了，但绝对别把口红擦在图书馆的任何地方！"

"当然不会啦，今天的三步可不一样呢，叫我可怕的孩子也没关系哦。"

"那是《玻璃假面》①里的台词，你该不会打算用这态度来工作吧？"

"啊，不，不，不会啦！"

就算是宿醉的三步也还是不敢忤逆可怕前辈。只是就这样被束缚着想要展示新的自己的欲望，还是不合适的。像是要从可怕前辈的眼皮底下逃跑一般，三步快步向楼上走去。为了认真完成开灯的任务，当然，也为了保持动作的优雅，三步每走

---

① 日本漫画家美内铃惠所作的一部漫画，讲述了女主角北岛麻雅学习演戏和成为专业演员的历程。

五步就小跳一下，似乎把"优雅"一词的意思理解错了。

　　荧光灯照亮了整个图书馆，打开专门给来馆者使用的图书查询电脑的开关，三步回到了一楼。因为图书馆的开馆工作是责任制，所以大家都分散在馆内的各个地方忙碌着，例如有些人负责将早报放在阅览室，也有人负责打开所有谈话室或者开架书库的大门，等等。前台处站着拥有温和笑脸的男领导，正和刚刚出勤，还在一边系着围裙、一边看着电脑画面的温柔前辈说着话。

　　像是找到猎物一般，三步悄悄走近。听到脚步声的两人抬起了头。

　　"早上……"

　　看着待在原地的温柔前辈，三步不禁低头，偷偷地乐和了起来。

　　"早上好，前辈，今天你也好美啊！"

　　然而没有任何回应。

　　三步已经预测到温柔前辈肯定会不知道该怎么反应，既然这样为什么还要故意这么做呢？那是因为三步今天决定要以一种和平常完全相反的样子来吓唬大家。所以说实话，温柔前辈要是做出被吓到的反应，那么还没有完全掌握角色特性的三步便很容易继续进行她的表演。

但是，世界上这么容易就被戏弄的大人还是少的。

温柔前辈很快用微笑代替了方才动摇的表情。

"三步酱你才是呢。怎么了？是想改变形象？好可爱哦！好想看看把围裙脱下后是什么样呢！"

"咦？啊，是啊，谢谢夸奖。"看着站在困惑的领导身边、满眼充满惊喜的温柔前辈，三步居然有种被打败的感觉。

"能在女生换造型的日子里见面，真是太高兴了。""要是站在阳光下，肯定感觉又会不一样吧。""已经给那位看过了吗？"

面对温柔前辈的不停询问，任性的三步一边暧昧地回复着，一边收敛了攻势。明明一开始是自己发出的挑衅啊！三步像是从肉食动物的眼皮底下逃跑一样，迅速离开了前台。面对不按预期做出反应的对手，感到十分困扰的菜鸟三步经历了方才的败仗，要是回归到平常状态的话，就不会再让周围的人困扰了。但是就这样还不足以让宿醉的三步彻底清醒。三步坚信，今天不同于往常的打扮和说话方式，都是让自己和身边的人感到快乐的助兴节目。

"辛苦啦，前辈……"

"真让人不爽，不过今天没犯什么大错，算了。"

"呀，那真是我的荣幸呢，嘿嘿！"

午休时间还在不断展示全新的自己的三步终于拿到了可怕前辈赏赐的免死金牌。虽然还是有些不爽，但现在发脾气的话，和红色的口红一点都不配呢。

温柔前辈坐在休息室的角落，听着刚才的奇妙对话，不自觉地哈哈大笑。

"三步酱刚才的回答，笑死我了！"

一边用食指擦着笑出来的眼泪、一边抱着肚子笑着的温柔前辈虽然接受了三步外表的改变，但面对三步将"优雅"一词完全理解错误，用少女漫画的口吻说话，还是控制不住地大笑起来。本来是想吓唬你，但没想过会被这样取笑哦，小姐姐。

"呵呵！"

三步也想试探下温柔前辈的底线在哪里，所以故意对上温柔前辈的眼睛，再次优雅地微笑着发出声音。这次前辈立刻眼神躲闪，用手撑住附近的桌子，身体不禁一颤。啊，这样好像不行，前辈像是受到了致命一击。

等前辈稍微恢复后，三步再次向前辈眨眼。啊，这样好像没事。

"三步，休息时也禁止这样说话！"

"真是……"

可怕前辈发出与工作无关的命令，如果是平常的三步，肯定立刻就会改变自己的态度，但是今天的三步有着莫名其妙的使命感和执着，所以先是用"真是"做出了反抗，但很快就被前辈的"怎么"威胁，立刻低头，举起双手，没有任何反抗地说道："没什么。"

算了，就只用外表和言谈举止的改变来向大家展示全新的自己吧。三步从储物柜里拿出今天的午餐，找了空位坐下。

"我开动啦！"

循着三步的声音终于看到三步今天的午餐内容的两位前辈，同时将嘴里的食物喷了出来。

"那是什么啊?!"

像是三步的午餐里有什么不好的东西一样，温柔前辈惊吓到咳嗽，而可怕前辈也是差点发出能让阅览室听到的声音询问着三步，准确地说，是针对三步拿着的东西。

"午餐啊，上班途中在面包店买的。"

三步做出酷酷的表情，挥动着被纸包着的午餐。

"呃，这是法式长面包吧？"

"对啊，有巴黎人的感觉吧？"

"你是犯傻了才买的吧！"

"怎么会觉得用纸包着的法国长面包看起来优雅有气质？"

前辈们话里的意思，如果是平常的三步肯定就明白了，只是对还没醒酒的三步来说……

在前辈们奇怪眼神的注视下，三步将面包一分为二，开始啃面包。这举动早已没有了所谓的优雅。因为口红的原因，面包变得异常怪异。

虽然理解错误，但确实充分思考过"优雅"一词的三步又站起身，从休息室的电冰箱里拿出早上放进去的草莓酱和牛奶，还有火腿肉，再坐回位子上，用草莓酱来遮盖口红印。

"草莓酱好像不是这样用的吧，算了，这样也行。"

"前辈也……也要吗？"不是因为说话大舌头，而是正咬着面包。

"啊，没事，不用。"

虽然也想问温柔前辈要不要，但不知何时前辈已经离开了座位，餐桌上只留下被打开的便当盒。

蘸着草莓酱，夹着火腿肉，三步大口大口地吃着面包。虽然很美味，但硬硬的法式面包还是让下巴有些疼痛，三步决定先休息一会儿。不知什么时候回到座位上的温柔前辈，和可怕前辈聊起了天气，完全没看三步。等到下巴恢复了，三步用手揪着面包的白色部分吃了起来，突然发现可怕前辈一直在盯着自己。

"今天三步搞这些，到底是为了什么？"

"嘿嘿嘿，什么都不为呀！"

"住口，给我一边待着去。"

三步偷偷瞥了一眼温柔前辈，发现前辈正用茫然的眼神看着虚空，深呼吸着。

三步觉得嘲笑一直以来对自己很温柔的前辈不太好，于是决定将自己的所思所想告诉前辈。

"平常的自己太，太无聊了。"又咬到舌头了。

"然后就认为一直看着同样的我的前辈应该也会觉得无聊吧，所以就想给大家展示一个新的自己。"

"为什么会突然想到这种会登在时尚杂志封面上的点子呢？"

"是啊，为什么呢？"

没有意识到正在自我陶醉的三步是不会明白的。

"但是现在，很开心，就像不是自己一样。"

"就像是角色扮演的感觉吧！"

"该，该不会，前辈你玩过角色扮演？女仆装之类的……"

"你觉得我会吗？"

要是有的话一定会很有趣吧，不过肯定没玩过吧。要是可怕前辈穿着女仆装突然出现的话，三步肯定也会和温柔前辈一

样的反应吧。尽力避免去看令人发笑的源头，默默做着自己该
做的事情。温柔前辈从刚才开始就无言地、专注地吃着花椰菜，
像一只防备心很强的小兔子一样，真是可爱。

"不过，要是三步你穿女仆装来的话，就算是我也会远离
你哦！"

"是因为看上去像怪兽吗？"

"工作人员成了女仆还得了？要是穿女仆装的话我就得
好好教训你了，不过如果只是发型和口红的改变，就不和你计
较了。"

"好开心，嘿嘿嘿！"

"别这样笑。"

为了不上演温柔前辈杀人事件，三步立刻按照指示恢复了
说话的腔调。但是既然化妆的改变是被允许的，那就不必在意
喽。打持久战，偶尔的让步是关键。三步开始计划着，今天下
班回家去优衣库买件和口红搭配的上班也可以穿的白衬衫，顺
便也想想现在的头发长度可以做出什么样的华丽造型。

三步一边期待着自己的变装，一边决定加油完成今天的
工作。

然而事与愿违。

"三步今天是想干吗？"

傍晚，去办公室拿资料的时候，听到因为今天家里有事所以晚来上班的古怪前辈的说话声，三步在入口处停下了脚步。其实刚才已经隔着前台和走进图书馆的古怪前辈对视打了招呼。

本想立刻进办公室加入大家的聊天，但如果刚好在说自己的坏话，那该怎么办？鲜艳口红伪装下的胆小鬼三步停下了脚步。

"那是要杀了我啊！"温柔前辈惨兮兮的声音。

"好像是为了展现全新的自己。"可怕前辈生硬的声音。

古怪前辈是这两位前辈的大前辈。

"刚才说平常的自己很无聊什么的。"

"啊……原来如此，那就和上次突然穿了一身嘻哈装一样。"

嘻哈，三步脑中浮现出一个影像。两位同期的前辈的脑海中好像也浮现出同样的画面，办公室里传来异口同声的回应：

"啊！那个时候……"

"不知道那个算不算是嘻哈，不过三步酱确实戴着厚厚的帽子、穿着卫衣来上班过，被教训后就立刻换了下来。"

"好像还戴了根巨大的项链，我记得提醒过三步。"

三步也记得被可怕前辈提醒过。那个时候三步辩解过，自己没打算穿成这样工作，所以带了更换的衣服过来。

"那个时候好像也说什么对平常的自己有点厌倦了。"

对于古怪前辈的证言，三步自己也不确定有没有说过这句话了，但是仔细想想，自己可能是会定期这么想。

"谁都会有这样的时候吧？对平常的自己感到疲惫的时候。"

古怪前辈说的还真是一般大人都会说的话，三步不禁在内心吐槽了一下。

"就算如此，这也太极端了吧！"

"也是！但还是忍不住觉得三步可爱！"

"也不知道是不是可爱，不过，这还真像三步会做的事。"

"咚"的一声。

那是什么声音？三步不知道，但确实清楚地听到了。

同时，薄薄的玻璃碎裂的影像，一瞬间映在三步的视野里，但很快就消失在三步的脑海中。到底看到了什么？三步也记不得了，就觉得直到刚才还看起来很清晰的身边的景象变得稍微有点模糊。

对于突然发生的变化，三步还没弄明白是怎么一回事，不安地看着四周。

"啊呀，三步！你这是偷懒来偷听我们说话吗？"

被笑着的古怪前辈用手夹着脸颊，三步回过了神。没能立刻转动大脑，不对，估计平常大脑也不怎么转，总之三步拼命地挤出"没……没有，怎么会"。

终于从宿醉中清醒过来，当然三步并没意识到。

待会儿要往那两人的白衬衫上印个口红印，哼！本想这样做的三步发现心里的冲动劲正在急剧下降。

"呵呵，我可成为坏女人了呢！"

尽管准备好了符合现在的全新的自己的台词，却没了方才的兴奋。对于表演现在的全新的自己，三步一点都不紧张，好像自己就是这样的。虽然从表演来说这是一件好事，但不知为何，内心中生出一丝空虚。

就像相处了很久的恋人，从爱情变成亲情后的那种落寞，尽管在过去的感情经历中，还没有过相处很久的恋人。

之后，三步决定不在温柔前辈的面前作怪了，但在其他前辈面前还是成功地说出了符合今天的口红和造型的台词。

只是三步再也感受不到偷听前所感受的兴奋了。

至于原因，三步自己也不知道。

虽然不知道原因，但回家后三步再次补了口红，重新收拾了一下发型，然后换上上班时不能穿的黑色小礼服。

将手机固定在桌子上调整好角度，设定好自动拍摄，摆出食指轻点红唇的妖娆姿势，开始了自拍。

除了想拍照做个纪念，三步今天的自拍还有其他的原因。

　　具体不太清楚，只是觉得这样的自己，今天可能是最后一次见到了，也许今后也不会再主动向他人展现这个涂着艳丽口红的成熟三步了。

　　"早，早上好！"

　　一大早就咬到舌头了。

　　"早上好！三步酱，哇哦，回到原来的样子了啊！"

　　嘿嘿，三步抚摸着稍微整理过的睡乱的头发。

　　今天早上，艰难地起床后，还是犹豫了一下要不要涂上准备好的口红，穿上有些性感的内裤，不过最终还是决定放弃了。

　　"这样就行了吗？昨天的改变呢？"

　　昨天的自己已经成为身体的一部分了，所以也没有必要再展现出来了。

　　当然，也不是就此打住了。

　　"要是前辈们希望的话，随时都可以再展现给你们看哦，嘿嘿嘿！"

　　是的，随时。

　　但是，嗯，只要妆容或者发型保持和平常一样的话，应该就没事吧。这么想着，昨天的记忆瞬间闪现在脑海中，三步"扑哧"一笑，正准备再和昨天一样说话的时候，前辈已经离开更衣室了，那就算了吧。没想到自己的火红嘴唇成了凶器，真是罪恶的女人啊！

三步也系上围裙，准备走出更衣室。途中突然停下脚步，又退回到自己的储物柜。

不是忘记拿东西。打开储物柜，从围裙里拿出以防万一而放进口袋的红色口红，再放进包中。不想成为杀害温柔前辈的凶手！当然，三步的真实想法可并非如此。

三步根本没有自醉的自我意识，所以当然也不知道自己何时就清醒了。

但是，三步知道昨天的自己是以与平时不同的价值基准在生活，也感受到很多奇怪的方面。

三步不想看不起那样的自己，不想让昨天认真的自己感到丢脸。

为此，本想将红色口红作为搭档，放在口袋里随身带着，但重新想了一下，觉得现在可能没什么必要了吧。

即使刚才温柔前辈提到昨天的事情，三步也一点都没有觉得丢脸。

任何时候都能再变回那样，但想想还是算了吧。三步意识到现在这个平常心的自己正在认真审视着昨天的自己。

即使别人看不出来，即使没有以实物的状态存在过，但还是能带着昨天的自己继续前行。三步对这样的自己感到欢喜，脸上浮起和往常一样的微笑，关上了柜门。

麦本三步　**喜欢粉丝福利**

麦本三步容易头晕，所以泡温泉的时候，总是第一个出来换好衣服，如果刚好有什么等待区的话，就会在那儿优哉游哉地喝瓶水果牛奶。

每次三步都会一边嚷嚷着"哇，好冰，但好好喝，太棒啦"，一边将牛奶喝到一滴不剩。通常这个时候，一起来泡温泉的朋友或者家人刚好出来，看到三步幸福的模样都忍不住说道："看上去不错吧，我也要喝。"于是大家都会去买水果牛奶。

今天也是，当三步穿着浴衣一个人在等待区幸福地喝着水果牛奶的时候，同行的友人穿着浴衣出现了。可能是看到三步的幸福模样，在被三步叫住之前，已经走到自动贩卖机前买了一瓶水果牛奶，拧开了瓶盖，大口开喝。

看着朋友一系列自然流畅的动作，也不管周围人的反应，三步得意地看着朋友，想着："对吧，好喝吧，没错吧，嘿嘿！"

"好久没喝了，很不错哒。"

朋友在边上坐下，湿透了的脖子映入三步的眼帘。从丸子头的发髻边，一滴汗正顺着脖子落下，三步本能地想和朋友干杯，将玻璃瓶凑上去才发现瓶中已空空如也。

"怎么了，三步？"

"啊，就是看到美人入浴前、入浴时、入浴后的各种变化，大饱眼福啊！"

"你是中年大叔啊？？？"

朋友拍拍三步的肩，将水果牛奶一饮而尽后，站了起来。三步也一起站了起来，一同将空瓶放进自动贩卖机旁的回收篮里。

"对了，三步，晚饭前要不要一起去便利店买东西？"

"嗯嗯，去去……穿拖鞋去行吗？"

"我记得好像去前台可以借木屐，一会儿去问问吧！"

被漂亮的朋友拉着，三步非常满足地离开了等待区。

三步有个喜欢抽奖的老妈，之前通电话的时候被告知抽中了双人温泉住宿券，问三步要不要，于是有了这次的温泉旅行。

虽然一开始三步谦让了一下："毕竟是老妈你抽中的呀，你去玩玩不是挺好的吗？"但是好像因为可以用券的旅馆离老家有些距离，再加上老妈说"能抽到奖，我就很高兴啦"，三步就非常感恩地收下了。电话最后，老妈说道："和上次说的那位男性朋友一起去……"还没听完，三步就不小心挂了电话……啊，该不会被老妈误会是故意的吧？呃……

虽然假装犹豫过到底要邀请谁一起去，但实际上可以选择的也就那么几位而已。

其一，邀请一位朋友。其二，邀请一位同事。其三，虽然是双人券，但一个人去。

第三个选择就算没有住宿券，自己预订住宿就可以啦。第二个选择有些太唐突，会紧张，而且不知道会被哪位前辈"吃"了。最终，三步还是选择在朋友中邀请一位一起去。

尽管如此，能让三步提出双人旅行邀请，还能同住在一个房间中的女性好友，也就两位。

在想着要邀请哪一位的时候，其实最初被邀请的不是刚才那位漂亮的小姐姐，原因是听说她的工作非常非常忙碌。

虽然因为对方忙碌就觉得应该疏远的想法欠妥，但是想到要去承受被他人拒绝的痛苦，三步还是决定先去邀请另一位可能性比较大的朋友。

但结果是……

"对不起！刚好下个月工作日程排得很满，有好多要在期限内交付的事情，不能让客人等，所以你还是先邀请其他人试试！要是没有人的话，再告诉我啊！咦？等一下！你调整下时间，和男朋友去不就行了？"

咔嗒，三步又挂了电话……

既然如此，虽然觉得对方应该很忙，但三步还是试着给漂亮朋友打了电话。

运气不错，刚好朋友最近也想找个时间休假，所以恭喜三步，终于找到了可以一起去泡温泉的小伙伴。接着，三步又给方才打电话的第一位朋友发去了邮件，告诉她最后和谁一起去、为什么会突然挂断电话，以及顺便为自己隐瞒了一些事情而道歉。

虽然的确没有让朋友保密，但不知怎么事情就在朋友间传开了。连漂亮朋友好像也认为这次旅行的主要目的是为三步疗情伤。

咦？我的个人信息就这样公开了??于是三步一边解释着真相，一边疑惑地歪着头。不过在温泉旅馆和好朋友一起看到眼前摆放的丰盛料理，方才的困扰早就不知所终了。

"哇！太棒了！咦？这是什么？虽然不知道是什么，但好好吃啊！！"

和喝了一口酒就开始喧哗的三步相比，眼前的美人微笑着，优雅地吃了一口方才的不明食物。

"哇,好吃吧,是法式酱吧,放在日本料理中还蛮少见的。"

口齿清晰,还能说出不明食物的名字,三步暧昧地盯着朋友。

"好会吃东西啊,嘿嘿嘿!"

"我嘛,也算吃了不少好东西吧,呵呵!"

不需要有任何顾虑或者谦虚的朋友和三步相视而笑,然后同时喝起了啤酒。真好喝!而且杯子好轻啊!

"刚才的菜名,都是去参加聚会的时候记住的吗?最近也去了吗?"

"嗯,是的……最近没怎么去,基本上颁奖聚会只有相关人员才会去哦。啊,不过之前夏天的直木奖①倒是跟着前辈一起去了。"

"哇!这辈子要是有机会,还真想看一次呢!"

"其实也没什么好玩的哦,有点像怪物们的聚会。"

看着美丽容颜做出的苦笑,三步好像能感受到她的一些无奈,那就算了。虽然有点向往成为"怪物"一样的存在,但在会上大家肯定都会这样笑吧:咩嘿嘿嘿嘿。

就在三步幻想着从未听过的"怪物"的笑声时,如果有兴趣的话,恐怕连邻座的阿姨们也从方才的对话发现了吧:是的,

① 《文艺春秋》的创办人菊池宽为纪念友人直木三十五,于1935年设立的文学奖项,是日本文学界最重要的奖项之一。

三步的朋友，她的职业。

"话说，老师还好吗？"

老师，只需要这一个简单的单词，朋友立刻就明白说的是谁了，然后朋友开始像演戏一样做出非常尊重、严肃的表情。三步也了然于胸，配合着朋友，故意做出调侃的表情，仿佛在告诉朋友接下来的话题奉陪到底哦！严肃的美人也还是很美啊！

"小楠老师很好呢，之前还和她大吵了一架。"

"能和小说家吵架，好厉害哦！"

"只能这样，没办法。"

"这样啊！"

"嗯嗯。"

故意做出郁闷的表情，漂亮朋友顺手夹起刚上桌的刺身，三步也能感受到有一半的表情并非演戏："有谁能教我和天才相处的方法啊！！！"

"我不知道。"

"我也是。"

按了一下点餐铃又点了日本酒的朋友，并不是因为压力大而酒量渐长，她从大学时代开始就如此，所以三步也就安心地自顾自地喝起了小酒。

　　三步喜欢听朋友说有关工作的事情，喜欢那个自己所不知道的世界，边听边想象着，就好像是在读一本小说。

　　其中最喜欢的就是那位小说家的事情，就像朋友说的，是位天才。这并不是三步或者漂亮朋友乱说的。在很多场合，那位老师的确是被这样称呼的，毕竟有着和这个称呼相匹配的好作品。而且，居然和三步她们同一个年纪。

　　三步也读过这位老师的作品，当听到朋友只是作为前辈的助理一起负责这位老师的作品的时候，还是非常惊讶的。作品本身当然很有趣，三步也总是不厌其烦地听着老师和作为助理的漂亮朋友之间发生的故事。

　　"果然，我们一样大，又都是女生，这可能是我们总是产生冲突的原因之一吧。

　　"一开始虽然说过会合作愉快……

　　"虽然有些地方是配合的啦，但是也有完全不合作的地方哦，真是会让人变得很较真啊，两个人都会。话说三步你和之前提到的那位可怕前辈相处得还好吗？"

　　虽然三步不知这话题怎么突然就转到自己这儿了，不过想想也是，就两个人，当然是聊各自的事情喽。三步开始回想最近在职场上和大家的相处。

　　"之前去了前辈的家哦，前辈还给我做了饭。"

"哇哦，有进展嘛，要不要交往？"

倒着酒的美人坏坏地笑着。

"很遗憾，前辈好像已经有男朋友了。"

"话说，你刚才是不是故意押韵着说话了？"

"啊？什么？"

三步一边解释着，一边拿起酒杯准备给自己斟上一杯日本酒，漂亮朋友看到了，顺手帮三步斟满了酒杯，咩嘿嘿。

美味佳肴一道接一道地上桌，酒也喝得很酣畅。三步最喜欢的是天妇罗，炸得脆脆的香菇真是美味极了，吃完天妇罗的时候，三步有些醉了，眼前的美人却挺直了腰板，正优雅地享受着美食。

一口吃掉最后上来的水果，与满脸通红的三步相比，朋友只是脸颊微红，几乎没有任何变化。看着朋友，三步说道："你怎么喝了酒反而变得更加可爱了呢，真狡猾。"然后一边黏着朋友，一边一起走回住宿的房间。

肩膀连续两次撞到走廊的墙壁，一回到榻榻米的房间，发现原本放在房屋中间的桌子已被移动到一边，正中央已经铺好了软软的被褥。三步顺势向其中一床被褥躺下去，但太过用力，手肘撞到了地面，不禁一声闷叫。天哪，手要断了！绝对断了！三步忍耐着，背后却传来大笑声。三步故意看着漂亮朋友，将她的被褥拉到自己身边，咩嘿嘿嘿。

"来吧，继续喝！"

就在用全身去感受被褥的冰冷时，三步听到朋友打开冰箱，打开易拉罐的声音。三步抬起埋在被子里的头，看向坐在一边椅子上的朋友。

"我稍微休息一会儿。"

"嗯，可以睡一会儿哦，反正一会儿又会起来的吧？"

"一会儿再起来？"

宣告可以稍微睡一会儿的三步，想着难得来一趟温泉旅行，还是要尽兴地多玩一会儿，于是，起身，去了一趟洗手间，然后狂喝晚饭前买来的矿泉水，吃了两颗巧克力豆。本想稍微休息一下，散散酒气，但一钻进被窝就开始刷手机。三步发现自己正在慢慢清醒，三步绝不是不能喝酒的人。

向窗户的方向望去，发现美人正穿着浴衣，一边欣赏着夜空中悬挂着的新月，一边喝着小酒，多么美的一幅画，不由自主地拍了照片。

漂亮朋友循着声音回头。三步本以为会被拒绝，没想到漂亮朋友却露出灿烂的微笑，用手比起了"吔"。果然是美人，不忘记随时给粉丝一些甜头。

咔嚓，咔嚓，拍了好几张照片后，貌似连朋友都觉得有些无聊了，继续喝起了酒。三步将朋友的双唇部分放大，咩嘿嘿。

欣赏着手机中刚刚拍下的照片，美人背后的新月也是非常漂亮。三步为了实践刚才突然想到的事情，站起了身。本以为应该已经不太晕了，没想到可能是身体中的力量没能顺利地传达到脚上，三步被被子一绊顺势滑倒在地。一边被朋友狂笑着，一边调整了一下再站起来的三步，从冰箱里拿出之前放进去的冰咖啡，一边摆弄着手中的冰罐，一边向朋友对面的空椅子那里走去，途中顺手关掉了房间的灯。本来是想在月光照亮下的房间内，和朋友一起度过属于成年人的时光。然而现实是，今天的新月没能照亮三步的脚下。比想象中要暗很多的房间内，三步慌慌张张地再次被被褥绊倒，还好被子很软。

一边用手摸索着，一边打开手机灯，三步慎重地站了起来，拾起罐子，打开椅子附近比较温和的黄色电灯。

"三步，还好吗？"

"嗯嗯，但是，跌倒的时候，好像听到前辈的声音了，说什么想好了顺序再做，感觉不太爽。"

"哈哈哈哈，好想见见这位前辈啊！"

朋友将手中的酒罐放在椅子之间的矮桌上，不知何时已经是第二罐了。

"不行不行，那个人只要有人在场，就感觉会非常非常生我的气。”

　　“哦……假装的吧？”

　　“不是做给我看的？”

　　“我觉得是假装的啦！”

　　虽然前辈们偶尔也会这么说，但三步还是不太明白。

　　“啊，话说小楠老师说过想什么时候见见三步你呢。”

　　“什么？真的吗？”

　　面对名人突然的指名，三步大吃一惊，觉得要说想见的话该是自己想见吧，不过实际上并非如此。根据朋友口述的故事，三步觉得自己应该搞不定对方。

　　“为……为什么会是我呢？”

　　“前段时间，我想她应该没什么恶意，但是真的非常没礼貌地问我有没有朋友。”

　　“哦，哦。”

　　“喝了点酒，所以就叽里呱啦地讲了好多三步你的事情。”

　　“哦，哦。”

　　“要是不喜欢我这么说的话，非常抱歉哦，我说你是喜欢妄想的朋友。”

　　“没有不喜欢哦！”

　　不可能讨厌啊，最喜欢的朋友被人问起有没有朋友的时候，答案是自己，还有比这更令人感到荣幸的事吗？更重要的是，知道我的存在后，竟然说想和我见面，还可能有机会听到有趣的逸闻趣事，不可能产生不愉快的心情！

"啊，不过要是见面后告诉她，我就是那个喜欢妄想的朋友，突然好想知道老师的反应啊，来学给我看看！"

"大概就是会说：我就知道是这样。还有就是会加一句：好像可以写成故事之类的哦。"

朋友开始绘声绘色地学老师说话的时候，就代表她醉了。虽然没有见过老师本人，不知道学得像不像，但是和看上去像被神灵附身的朋友聊天，感觉还是很快乐。

"啊，但是老师她是没什么恶意的哦，完全没有，她就是那样的人。要怎么说呢，嗯……虽然有很多让人生气的事情，但她不是什么坏人。"

"嗯嗯，都能明白。"

"包括她大小姐似的说话方式，可能是在无意识地给大家一些福利吧，大概是这样。"

"福利？"

"对，就是粉丝福利。那个人知道自己是天才，同时也明白自己其实什么也不是，面对喜欢她的人，就会想要好好地展现自己天才的那部分。她从内心深处觉得这样做大家会很开心，是很有服务精神的人。当然，有时候内心也会受伤，这个时候就需要发挥她平凡人的部分，自我疗伤。真是复杂的生物啊！"

好难！朋友的话本身也很难懂。尽管如此，因为酒精，比平常更无法转动大脑的三步，每次听到漂亮朋友聊起那位老师，有一件事还是明白的。

"包含讨厌的部分，其实你还是喜欢老师的吧？"

"说实话，还真是不想承认啊！"

眼角低垂，淡淡微笑的朋友依然很美，三步慌慌张张地拿起手机，刚解锁，朋友就停止了方才的表情。啧！真是！

不过发放粉丝福利或许也是必要的吧。

不擅长喝酒的人未必就会第一个倒下。三步也感到很意外，先睡着的居然是漂亮朋友。刚才的话题之后，她们又喝了好多，在吃着下酒菜的时候，朋友终于有点醉醺醺地宣告了一句："先暂停，我要睡一会儿，抱歉。"然后就向被子的方向一头栽了下去。

虽然朋友本人是打算先休息一会儿再继续喝的，但坐在一旁的三步为她盖好了被子，估计一觉睡到天亮了。呼——呼——想要偷拍睡觉时都那么美的朋友，不过连三步都觉得这恐怕是超出了粉丝或者朋友的范围，是只有变态才会做的事情吧，所以还是放弃了。

三步一个人坐在椅子上，喝着温热的绿茶。尽管方才有一瞬间特别想睡，但像现在这样酒后变得清醒，也是常有的事。

看着慢慢倾斜下去的新月，三步想着熟睡的朋友，往事在月光下慢慢浮现。

话是这么说，但在大学里她们成为朋友的契机，实际上三步几乎记不清了。好像是在什么课上说话，然后就一起玩，毕业之后因为工作的地方离得不远，朋友关系就这样慢慢维持着了，唯有她们之间的珍贵友谊是真实存在的。

基本上跟和其他朋友相处一样，都是一些比较模糊的记忆和一些无关紧要的事情，不过有一件很特别的事情，每次三步回忆漂亮朋友，都一定会想起。

就是自己意识到成为朋友粉丝的那个瞬间。

和她是朋友，同时也是她的粉丝，在意识到这个事情之前，三步以为只有面对不太熟悉的人才会产生这种崇拜的感情，说得具体点，应该是只有对那些不属于人类世界的天才才会产生的感情。例如，歌手、演员、小说家或者广播 DJ 之类的人。

然而，三步成了朋友的粉丝。而且这份崇拜不是慢慢形成的，而是在某个瞬间，内心被震撼后产生的。

从相遇时就觉得朋友很美。这不只是三步自己的感觉，在相处的过程中，三步确认她的美也是一般大众所认可的。三步成为粉丝不只是因为朋友的美丽外表，但也并非完全与此无关。

某次，同系的男生们闲聊时提到，找工作的结果好像与外表有关，工作业绩似乎也受其影响。刚好三步她们就坐在附近，不知是哪个胆大的，估计只是因为害羞，想表达好意和内心的赞美，于是对着三步的漂亮朋友说道："像你的话，应该不会有这样的困扰吧？"

针对有些失礼但还算能接受的话语，朋友的回复令三步备感震撼。

"要是这样的话就太好了，我也觉得自己的外貌就是最有力的武器哦！"

好，好，好帅！！！

虽然很傻，但这种崇拜的心情根本无须解释，三步瞬间成了朋友的粉丝。

想起当时的事情，三步不自觉地扬起嘴角微笑，为什么会这么开心呢？

三步看着朋友的睡颜，薄唇和大眼睛现在紧闭着，偶尔微微颤动。

真美，说外貌是自己最大武器的朋友真是太帅了。

然而，作为朋友的三步知道，这张脸并非总是带来好运。

拥有者不是只会获得好处，她还要背负着这个包袱不停地走下去。正因为她们是朋友，三步才明白这个道理。

三步担心朋友会经常遇到不愉快的事情，因为只是和自己在一起的时候，朋友就说过几次。

之前听朋友说，高中时曾遭遇过校园霸凌，三步明白这应该和朋友的容貌有关。

不知道从哪里来的"烂虫"，被朋友的外貌吸引，和她好了，最后又让她伤心哭泣。那晚三步知道后，真的想过去揍对方。

三步觉得自己可能一生都无法扛起这种沉重的，但朋友从出生时就背负着的巨大包袱。

三步的漂亮朋友绝对不会对这份沉重充满怨言，三步知道朋友会挺起胸膛，将自己的外貌作为武器，受着伤，但仍战斗着。

啊！对哦对哦，原来如此。

这个时候，嘟——嘟——本只有呼吸声的室内突然发出巨大的响声，三步一瞬间吓得屁股离开了座位。

哇……吓死了！一边心脏嘣嘣跳，一边环顾了一下四周，还好，没把朋友吵醒。

接着，看向声音发出的方向，是放在桌上的手机，是正在好梦中的朋友的手机。三步看了手机的屏幕，并没什么恶意，只是忍不住而已。

有短信，看着出现的人名，三步又吓了一跳。

是之前聊到的那位老师。

人又不在面前，世界上也不存在任意门，但不知为何，三步感到很紧张。

为什么呢？因为刚好三步在思考老师和朋友之间的关系。

为了平复这份紧张，睡不着的三步将手伸向热茶。但是，当中指快要碰到茶壶的时候，三步的手突然停在了半空中，转而又放在了膝盖上。然后，挺起了腰板。

接下来，用绝对不会惊扰到朋友的声音，面朝手机的方向说起了话。

"老师。"

当然，不可能有回应，但三步觉得这样很好。

"那个，我的这个朋友啊，非常喜欢您。虽然你们也会吵架，会让彼此不开心，但是，我想老师您也会慢慢喜欢上我的朋友的。被大家称为天才的您一定能理解我无法感受到的那个孩子的内心世界。所以，拜托您，好好关照我的这位朋友吧——来自她的好友的请求。"

要不是喝了酒，可能就不会这么说了。但三步又想，这样借酒诉衷肠也好。

三步对着画面消失的手机，低头鞠了一躬。

"早上泡澡真是太爽啦！"

"不想回家……"

酒醒后的清晨，泡在露天温泉里，全身得到放松的两人。运气好，今天是大晴天，在秋日的蓝天下，泡着温泉，总之太舒服啦！

两个女生一大早泡温泉，如果三步的人生是一部电影或者漫画的话，可能现在就是给观众的一个福利情节。不过这不是电影也不是漫画，所以两人不需要顾及观众的眼光，只是放空地抬头看着天，共同享受着无言语交流的时光。偶尔发出的叹气声中，夹杂着快乐与无奈，三步认为没感到失望就已经是成为大人的证据了吧。

不过，这可能只是因为自己今天还有一天的假期。身旁的朋友今晚好像就有工作会餐，尽管如此，她脸上居然没有绝望的表情，三步不禁很是佩服。

虽然很感激能吃到美食，但用不着连续吃两日，而且像今天这样早上开始就可以泡温泉的日子，要把心态转换成工作模式，能行吗？三步不禁有些担心。

就在担心的时候，三步开始有些晕乎了。就算是早上，就算很舒服，容易头晕的体质还是没有改变啊。果然三步还是先离开浴场，去外面等朋友了。因为是早上，所以喝普通的牛奶。小时候三步想过要是能长到两米就好了。现在明白了，实际上个高的人也有他们的苦恼。当然也明白自己不会再长高了，可即便如此，还是期待着喝点牛奶，能让自己再长高那么一点，弥补遗憾吧。

啊！水果牛奶和普通牛奶，还蛮押韵①。三步想着以后说不定会用到，就默默记在脑海中。出浴的美人姗姗来迟，不过今天好像没有受到三步的影响，只是喝了免费的水，然后两人向早餐大厅走去。

旅馆的早餐是世界上最好吃的——不是品尝了世界某地的美食后进行比较发出的感叹，三步可没有这样的见识，而是虽然不知道世界上现在正在吃早餐的人之中有多少人会打满分，但可以确定的是，自己现在吃到的就是最好吃的意思。米饭、味噌汤、烫豆腐和小鱼干，满分！虽然有些人可能会说，这在家里也能做出来啊。但三步想，这就是所谓的吃不到葡萄说葡萄酸吧！

吃过早饭后，穿着浴衣再躺回被窝里，又是一个幸福的瞬间，但同时也是感到巨大遗憾的瞬间。

———————————

① 日语里的"水果"和"普通"发音相近，说起来会有押韵的感觉。

　讨厌啊！不想和你分开啊，我的被子！当然不是三步的，
而是旅馆的被子，总是要分开的。三步在新一轮的睡意袭来之
前果断起身，比朋友稍微晚了点，在自己的脸上开始"鬼画符"。

　只是要回家的三步，比平常更随意地很快结束了化妆。剩
下的时间本想欣赏美女梳妆的，但想到可能会影响到朋友，于
是打开电视，看起了新闻。

　三步安安静静地等待着，作为朋友的武器的容貌修饰不久
也完成了。要是死死地盯着看，作为粉丝多少有些害羞，于是
偷偷地看了一眼。素材本身就很好，再加上完美的修饰，美人
就呈现在那儿了。三步不假思索地发出"好可爱！好美！"的
赞赏。漂亮朋友一脸苦笑，倒也没假害羞，而是对着三步比起
了"吔"。

　可悲的是，这样快乐的时光也逐渐临近尾声了。退房前二
十分钟，两人坐在椅子上，享受着最后的休闲时光。不是烟，
也不是酒，而是一杯绿茶的幸福时光。

　"从早上开始就有好多工作电话，好忙啊！"

　三步对着刚才开始就不停地处理工作电话的朋友说。

　"不会，只不过是小楠老师来确认今天晚上的集合时间而
已，还好啦！"

　"哦，今天是和老师见面啊，原来天才也会忘记时间啊，

这么一说反而安心了。"

"听到你这么说，老师肯定会这样解释：就像睡前降临的灵感，只记得大概的情节，但是总会忘了做笔记嘛！"

"啊……这么说好像人生也是这样哦！"

"对！"

没什么情绪的回应和微笑里还是包含着爱啊，三步想着。

"三步，真的非常感谢你邀请我来泡温泉，让我也好好休息了一下。"

"哪有哪有，只不过我老妈刚好抽到了而已。我也度过了非常愉快的时光，感谢！要是可以的话，真想再多住几天啊！虽然对我们来说很困难，但一晚真是不够啊！这么快就要回归日常了……"

"是啊……下次我们再调整工作时间。好想更无所事事地再待久点啊！"

三步又开始担心今天晚上就要开始工作的朋友了。

"真的不要太勉强啊，要好好休息哦，我允许你偷懒，虽然没什么权利。"

"咦？既然三步这么说的话，那要不我就休息吧！"

看着朋友真打算休息的表情，三步瞬间疑惑"真的假的？"，但还是义不容辞地做好了承担后果的心理准备，漂亮朋友却轻轻地摇了头。

　　"谢谢你担心我。但是，没关系哦，泡了温泉，重新恢复了元气，而且……"

　　朋友现在的笑容是从昨天开始看到过的最美的，三步不禁又被迷住了。

　　"而且幸亏有三步发放的粉丝福利，现在的我可是精神饱满哦！"

　　"咦？？？我什么都没做呀！不对，怎么成了我的粉丝？真不好意思啊！！但好开心啊！！"

　　"是哦，我是你的粉丝。"

　　只因为这句话，三步就确信自己能保持满满的能量，至少坚持努力工作一周。然而人生中并不都是美好的事情，也有失败，会遇到各种未知，所以不能总是靠着某个人的话语来支撑度日。喜悦会慢慢变少，能量也有消耗殆尽的时候。那个时候就会很想和好朋友见面，就会想去见自己的偶像。

　　和朋友约好在双方能量要用尽之前再见面。想到自己能给朋友带去些许能量，三步现在就开始期待下次的见面了。

　　但是仔细一想，自己到底给朋友提供什么粉丝福利了呢？难道只是待在一起就是福利了？哎呀……好讨厌……真让人害羞……

为什么呢？从退房开始，到一起坐电车，途中和最爱的朋友分开，再到回家后，三步一直害羞地思考着原因。后来看到朋友发来的短信，三步知道了真相。

"真的非常感谢！三步也要注意身体哦，这也是来自好友的请求哦！"

读完短信，除了高兴什么都没多想。但过了几秒，终于明白朋友最后一句话的意思，三步的脸"唰"的一下就红了。比泡温泉的时候，比喝醉酒后，还要红。

啊啊，原来如此，没事没事。不过既然你没睡，还不如起来让我当面好好关心你啊！

本来从昨天开始就担心朋友工作辛苦的善良三步，在最后的最后，却忍不住在心里拜托老师："老师呀，那个孩子居然给我装睡，请你帮我稍微教训一下她吧，咩嘿嘿！"

麦本三步　喜欢蒙特雷

麦本三步有个梦想，看似平凡但绝非没有意义的梦想。那就是在有生之年，尽可能让自己觉得能以麦本三步的身份活着是件美好的事情，然后在弥留之际能觉得此生幸福就好。如果自己的一生是个故事的话，希望结局是美好的。朝着幸福的、没有任何遗憾的终点前进，三步每天都坚持不懈地努力着。要是问三步："具体是怎样努力的呢？"大概就是每天偶尔小声念叨"好想幸福啊"，又或是埋头幻想。另外，也会在睡前的被窝里或是泡澡的时候，思考着要怎样才能幸福。三步可能还会模仿受过严格训练的摔跤选手们接受采访时谦虚回答的样子："其实也没做什么啦，都是平常生活里会做的事情。"先不去追问"谦虚"一词的真正含意，三步畅想在自己的规划中。虽说总会有办法的，但至少表面上并非如此。

尽管有时也思考过一些关于未来的规划，但目前还是先做好图书馆的工作，提高自己的知识和技能，然后等做到现在前辈们的位置，在这里实现自己的成就。

三步在和领导面谈的时候将这样的想法说了出来，不过得到的回应却是领导带着微笑，与三步进行公式化的确认："也就是小麦本明年也希望继续在这里工作的意思，是吗？""是的。"三步以自己最好的状态认真回答道。

虽然这样回答了，但现在的三步正一边看着咖啡店墙壁上镜子里的自己，一边无所事事地吃着热狗，暂时把将来的梦想、野心、成就等等放在一边。好吃，太好吃了。不仅是因为三步肚子饿了，也不单单因为这家咖啡店在挑选热狗的食材上很用心，还有那么一点罪恶感产生的苦涩滋味，让热狗的味道变得更有层次感。

三步现在所抱有的罪恶感不是吃不下而浪费食物的罪恶感，也不是吃其他的生物来维持自己生存的罪恶感，而是更加真实的、正在进行的罪恶感。

为了避开寒冷而躲进这家咖啡店，正一边优雅地喝着热茶、吃着热狗，一边享受着暖意的三步，实际上，现在，正在翘班中。

和往常一样按时起床，梳妆完毕，走出了家门。但就在应

　　该和平常一样走到车站，通过检票口，排队等待电车的时候，三步真诚地倾听了自己的内心，得出了一个结论。

　　啊……不想去上班。

　　三步也算是大人了，所以尽管不想去上班，但每天还是会用韧性和自己的惰性作战，坚持出勤。不过唯有今天，不想上班的心情比以往来得更加强烈。

　　就算如此，也还是坐上了电车。期待着谁来夸夸自己的时候，三步迷迷糊糊地错过了应该下车的站台，然后又迷迷糊糊地在不知道是哪里的地方下了车。啊！糟糕！三步想象着一秒后自己肯定要惊慌失措，不过过了十秒，什么也没发生。三步的内心似乎已经有了什么奇怪的觉悟，等反应过来的时候，已经给图书馆打去了电话，说自己鼻子堵塞，有点感冒了。

　　三步并没有慌张，虽然想到如果被发现的话，可能会被前辈大姐们狠狠教训，不禁感到可怕，但是得逞后的兴奋让三步的心情变得晴朗。

　　反正都翘班了，就这样乖乖回家多浪费啊！虽然就这样在不知道是哪里的车站周边探索一下也是挺有趣的，但想到今天本来打算下班后去一趟大型书店，三步于是决定先完成这个任务。刚巧电车来了，三步踏进车厢，突然觉得刚才看上去像普通集装箱的电车，好似变身成了保护自己完成危险任务的护送

车，不自觉地向从车头车厢探出身的电车司机悄悄地敬了个礼，
拜托了！

　　虽说已做好了心理准备，但当电车停在三步平常下车的站
台时，三步还是稍微紧张了一下。现在下车的话，会不会就算
稍微迟到了一点而已啊？算了，已经撒谎说感冒了，要是就这
样没事似的去上班也不妥，总不能一直捏着鼻子装感冒吧。就
在右脚一会儿朝着电车门迈出，一会儿又退回来，犹豫不决的
时候，命运般地，门关上了。三步再次打定了主意，但比之前
要消极一点，因为翘班的感觉越来越真实了。

　　不知道是不是耗费了太多能量在让自己下决心上，三步到
达目的地的时候已经筋疲力尽了。在去书店之前，三步决定先
找个地方休息一下。走进车站前人来人往的一家咖啡店，点了
一杯热红茶，忍不住顺便点了热狗，于是就有了被幸福包围住
的现在。

　　三步啜饮着放了很多牛奶和砂糖的热茶。虽然也喜欢原味
红茶，但天气一冷还是会想要喝点甜的东西。可能是因为天气
寒冷吧，店里的人很多，靠墙而坐的三步旁边坐着两个上班族，
好像在聊关于工作的事情。三步一边想着"请两位代替我好好
工作"，一边用热茶将卡在喉咙里的罪恶感吞进去。

　　嗯，现在应该没事了，三步离开座位去上了个洗手间。在

温暖的店内，在热茶还有热狗的帮助下，三步终于感觉恢复了一些元气，于是决定将座位让给之后那些需要恢复元气的人。正准备帅气起身的时候，衣服钩住了桌角，差点就要酿成赔偿餐具的惨剧。天哪!!好险！还好日常生活中经常出现这样的失误，三步早已应对自如，装作什么事都没发生似的，走出了咖啡店，背后竟然还传来了店员们"欢迎下次光临"的道谢声。

外面果然很冷，缩着脖子走在斑马线上，方才被热茶吞没的罪恶感仿佛又浮现出来了，三步咳了一声，当然并不是真的卡在喉咙里，所以咳嗽也没用。

好不容易下定了决心，但对于翘班一事，三步还是放不下心中的纠结。平常的话大概很快就没事了，但这次的纠结似乎非常黏人，甚至于三步都在想方才差点打碎餐具，是不是也是老天的警告。自己竟然还做出一副若无其事的样子……谁叫自己平常都会犯同样的失误，所以早已养成了这个习惯。

不过反正已经翘班了，现在做什么都没用了。三步思考了一下，将自己纠结的心情硬生生地抑制住，走向最初的目的地——书店。

三步喜欢大型书店。家附近的小型书屋当然也喜欢，但更喜欢只有市中心才有的大型书店。每一层都会陈列着书架，摆满书。三步想到十年前还曾因为有这么多的书，但可能连一半都还没有读完就要死去而感到过绝望。不过现在反而觉得有这么多未知书的存在，恰好证明了世界不是只通过自己的视角来被观察的，这让三步感到很安心，但这并不表示可以减轻心中的罪恶感。

尽管想过沉浸在书籍之中就没事了，但随着时间的流逝，罪恶感反而越来越严重了。

并不是向努力工作的前辈们撒谎翘班而产生的罪恶感，而是对做出这种行为的自己感到讨厌。这种自我讨厌的感觉实际上更糟糕，这种罪恶感完全是集中火力地在自我攻击。终于，三步感觉肚子有些痛。因为三步一直是在被书围绕的环境中工作的，所以应该不是遇到了在书店就会想上洗手间的那种灵异事件……呕……

这样不行，还是回家吧，赶紧把书买了回家，然后像生病的人该有的样子在家待着，虽然并没有生病。

就在三步想着要这样做的时候，心里又浮起莫名的责任感，觉得难得翘班了，就要做点让翘班变得有意义的事情。这真是一种只要将翘班变得有意义了，就能挺起胸膛的错误责任感。于是，三步折中了一下，决定在书店待得比平时更久一点，享受这种消极的娱乐。果然还是没有勇气翘班去电影院。要是有勇气的话，三步就会将一时的疲劳或者抑郁用行动表现出来、爆发出来，而不是像现在这样隐藏着，可能永远都没人知道。

　　三步想老天爷大概总会帮助那些相信直觉并做好事的人，那跟着直觉行动，并没有做坏事，反而要受到折磨是怎么一回事呢？或许这归其他神仙管？唉……真遗憾。

　　不管怎样，这次三步已经翘班了，那只要跟着感觉小心行动的话，应该就没事了吧。这样的话，罪恶感也会逐渐减轻，只要自己在心里做个了结就好。

　　还在担心着明天会不会更不想去上班，今晚会不会害怕到睡不着，该怎么办的时候，三步一钻进被窝，竟然像傻子一样呼呼大睡，一觉到天明。天气晴朗，是个非常适合上班的好日子。看着阳光漂亮地洒在冰冷的空气中，三步嘴里嘟囔着不知所云的话语，起床去上班了。

　　虽然翘班后的出勤实在是令人讨厌，但三步也是大人了，知道没有再次翘班这个选项了。已经做了的事就让它过去，从今天开始，三步决定更加努力地工作，积极地思考着消除罪恶感的方法。

　　为了不让昨天的谎言被识破，三步多穿了一些衣服，也戴上了口罩。三步很不喜欢戴口罩，但也没办法了。

　　走进电车，老老实实地在该下车的地方下车。出了检票口，慢慢向大学走去。手动打开还没有启动的图书馆大门，再手动关上。狡猾的三步不忘从此刻就开始表演，喀喀喀。

打开工作人员专用门进入后，位于更衣室角落处的教职员休息室里，古怪前辈正一个人刷着手机。发现三步后，古怪前辈和往常一样打起了招呼："早安！"想到古怪前辈昨天应该没有被排班，狡猾的三步以防万一，先咳嗽了几下，然后用比平时要小的声音回应了前辈："早上好！"果然古怪前辈发出了"咦？"的疑问，三步心想，太好了，应该是觉得我身体不舒服了，然后开始期待前辈的下一句话。

"三步，是不是感冒了？"

对话要是能这样进行下去的话，罪恶感和蒙混过关的成就感就会相互交织，三步想象着有两条龙在心里腾空飞起。然而事实是，两条龙都被从空中击落了。

"昨天看你不是还好好的吗？"

"……啊……昨，昨天？"

"去旅行了？"

就在要否认的时候，三步却咬到了舌头，好不容易准备再发声，又不知该说什么。

"昨天，那个，我！"

"在书店不是吗？昨天我放假，也去了那家书店哦。看到你看着书，脸上的表情不停变化着，还一个人不知道在自言自语些什么，太害怕了就没和你打招呼。"

被前辈看到自己奇怪的行为，太丢脸啦！三步表情尴尬、僵硬，只有嘴角勉强地笑着。

说实话，三步也想和往常一样做出慌张的样子。不对，要是平常自己这副模样被看到了，还不和自己打招呼，三步会很生气，但是今天还是表现得害羞一点比较好。

怎么会这么巧！被发现了，正在翘班的自己！而且还是很有精神的样子！天哪，这太糟糕了！

不过前辈怎么一副还不知道我翘班了的样子？怎么办，怎么办才好，要怎样才能封口？说认错人了？收买她？还是让她忘记？

先这样吧。

"那……那个，认……认……认错人了吧？"

"你是在笑，还是咬到舌头啦？不对，你难道没发现我吗？我从你身边经过了一次哦。"

这简直太糟糕了！不过要是昨天发现前辈的话，肯定当场就会大叫，把书店弄得一团糟吧，能避免这种状况真是太好了，不幸中之大幸。但是，要是昨天发现的话，或许昨天就可以蒙混过关了。结果，现在到底是好还是不好呢？

"昨天，三步和我都休假的话，那应该是有人来代班了吧！"

一边说着，古怪前辈一边顺手准备拿起放在桌上的排班表。

完了！怎么办?！

就在思考的时候，时间不停地流逝着。虽然三步期待着在想出办法之前古怪前辈能先等等自己，但好像今天的游戏设定是强制进行的，什么都不做的话，立刻就会完蛋。

"早！"

游戏结束，身后传来门被打开的声音与大姐大的声音。

"三步，感冒好点了吗？"

"嗯？"

身后是可怕前辈的关心，眼前是古怪前辈的疑问。这个情景好像用一个歇后语可以描述，但此刻满眼含泪的三步应该是无法想到了。对了！是前有狼后有虎。

先，先搞定谁？犹豫再犹豫，三步突然先回头向可怕前辈问好，然后用完全不像刚刚病愈的说话速度飞快地说道："昨天非常抱歉，承蒙关照，现在好多了！"

接着，看向前方。排班表应该被看到了吧？面对一脸不可思议的古怪前辈，三步将自己全身心的想法用语言和含泪的双眼表达出来：

"我昨天感冒了，请了假，然后去医院了哦！"

中途完全忘了用敬语。总之，三步想传达的只有一件事情：先去了医院，然后在回家的途中顺便进书店待了一小会儿，除此之外，自己没做什么奇怪的事情，就不要再追问啦！虽然有些长，但却是三步眼下最迫切的奢望。

其实当下认错也是能做到的，这样反而结果不会太惨。三步当然想过主动去认错，但是，会不会不用说实话也能解决这件事呢？从选择后者就可以看出人和人之间的不同，就像三步玩投币游戏时赢了第一次就会忍不住继续投币一样。

这样不断投币的结果就是连本来赢得的东西都会失去。然而今天例外，不知是三步的真心祈祷被听到了呢，还是刚好眼前的这位前辈是个非常有眼力见儿的大人，又或是其他的原因，总之事态好像并没有太糟糕。

"原来如此，那现在还是要注意休息哦！"

古怪前辈用让可怕前辈也能听到的声音这样说道。虽然不能说，也没有表现出来，但三步已经在脑海中用自己能发出的最温柔甜美的声音表达了无比感激的心情："谢……谢前辈。"

就在三步觉得既然前辈没说什么，那就应该没事了，刚刚悬着的心就要放下的时候，剧情又发生了变化。三步的人生又怎么会一帆风顺呢？

古怪前辈和平常一样，带着没什么感情的微笑突然靠近三步，接着用可怕前辈绝对听不到的声音，对着三步的脸轻声说道：

"原来如此，三步也会做狡猾的事情呀！"

"狡猾……"

三步默默地咀嚼着古怪前辈的话。

确定了味道，虽然很难吃，但也咽了下去，然后仔细辨认吃进肚里的东西，很快就发现这句话是对消化不好的东西。

"狡猾。"

被人这样说过，才真正体会到：明白是一回事，感受又是另外一回事。

是的，三步做了狡猾的事。

三步没能将这句话从肚子里吐出来。或许是有方法进行反驳的，只不过三步不知道而已。

呕……

又回来了，似乎比昨天的感觉更严重了。那个罪恶感虽然很快就让三步感到肚子很痛，但三步故意做出是感冒的原因，演技还不错。

三步体会了《小红帽》故事中狼的感受，肚子里像被放入了很多石子一样，连续五天都感到非常沉重。尽管这其中有一天还是休假日，但三步的状态一直很低迷，这一切都是那天翘班造成的。早知道这样，那天还不如好好上班，然而现在后悔为时已晚，时间无法倒流。除了古怪前辈，其他所有人都认为三步那天是感冒了，这个时候再解释已无用了。

　　"三步酱，感冒已经好了吗？"温柔前辈问道。令人可笑的是，这句话让三步的心情更加沉重。三步勉强挤出笑容回复道："已经没事了！"虽然发出了声音，但三步也发现音调低沉得没有精神。这样可不行，为了让自己振作起来，午餐在食堂点了好多食物，然而还是没用，肚子里的石子太占位置。

　　三步还以为前辈会拿这个秘密来威胁自己，尽管可能是三步自己有被迫害妄想症，但总觉得前辈应该会采取什么行动。然而古怪前辈还是和以前一样，仿佛不知道翘班这件事，虽然还是会戏弄三步，但没有任何要挟的意思。

　　这让人觉得很不舒服，说实话，有点令人讨厌，三步把自己困在了这种不爽的情绪中。果然，这次的纠结很难缠啊！

　　随着时间的流逝是不是很快就能忘记了呢？明天应该会是新的一天吧？这样期待着，度过了五个夜晚，第五次醒来后一分钟，又想起了这件事，胃又难受了，呕……

　　难道就没办法解决了吗？可能真的没办法了吧，我只能一生背负着这个罪恶感活着了吧，喀，喀……

　　三步也就是表面潇洒，真的能放下也就没事了，但三步经常会在莫名其妙的地方固执、纠结，让自己痛苦难受，果然老天还是帮助做好事的人。

　　今天也是完成了工作后回家，吃了和平常一样多的晚餐，味道也和平常一样美味，看了一会儿电视，读了一会儿书，泡了一会儿澡。在旁观者看来，虽然略显安静，但三步还是和平常一样，没有太多的变化。三步自己也觉得生活并没有发生什么特别的改变。比如，变得食不知味或是变得不会笑等，这种变化完全没有。但又觉得现在的自己仿佛正在努力地保持和平常一样的状态，用美食或者有趣的事情来安慰抱有罪恶感的自己。感到好吃也好，有趣也好，仿佛都是在为了别人而做，尽管事实并非如此。之所以会这么想，是因为想将翘班的自己和真正的自己区分开来，是不同的人，是完全不同的生物，至少三步是想这么区分的。这样冠冕堂皇的想法一点点揪住三步的心。不想死，只是身体有那么一点不舒服。真的，只有那么一点。如果把平常的自己比作一块圆形的比萨，现在的三步就是被分成十六等份的比萨少了一份而已，所以三步自己也保持着没事的表情，没有向任何人求助。

197

但是，这种情况只到昨天为止。

第六天早上一起床，三步开始思考了。和之前一样，内心还是非常沉重、纠结，但三步终于发现，就这么下去状况也不会变好。明白得虽然晚，但也是有意义的。

三步迅速起身，打定了一个主意，开始了上班前的准备。起床的速度如此之快其实是因为快要迟到了……

嘴里还叼着超市特价时买的九十六日元的高级奶油面包，三步走在前往车站的路上。虽然现在也不知道这面包高级在哪里，但包装袋上这样写着的奶油面包，今天本来也应该非常好吃的。然而三步又有了并不是为自己在吃的奇怪心情。把我的奶油面包还给我，这面包很高级的哟！

穿过检票口，坐上电车，下电车，出检票口，向办公区走去，来这里工作快两年了。离车站又近，环境也好，是非常好的工作地点。即使如此，因为是工作，所以总有不想去上班的日子。这种想法当然其实每天都有，所以那天就翘了班。如果因为翘班而让自己的身体状况变糟，那真是自找的了。三步想解决这个问题，但是光靠自己一个人，看来是有些困难了。

"是三步呀，早上好！"

"早上好，前辈，今天您什么时候比较方便？有件事情想和您商量一下！"

刚好一个人在办公室的古怪前辈看着刚推门而入的三步，方才犯困的眼睛已没了睡意。

"哇哦，什么事什么事，你要辞职吗？"

"不，不是，还不至于……抱歉！"

不知为何道歉了，难道是古怪前辈预测到商量的内容会很难回答，从而采取的拒绝法？又或者只是三步的小人之心？要是前者的话，那前辈的方法还是很有效的。三步变得有些害怕了，但是唯有今天不能退缩，要是再不解决，以后就都不能好好享受高级的奶油面包，还有比萨了，三步不服输。

"现在就可以哦！"

"可，可以的话，想私下拜，拜托您！"

咬了两次舌头。一句话咬到舌头两次，对三步来说也是无意识的，一次都算是正常的。

"啊？好麻烦呀！"

真是的，还没怎么样就这样说。

"说什么？行吧，那要不午餐一起吃？或者去食堂以外的地方？"

"好，好的，拜托了。"

单独邀请古怪前辈一起用餐后，三步突然紧张了起来。话说，和温柔前辈、可怕前辈一起吃过饭，但和古怪前辈还是第一次。

古怪前辈的话，还不至于"吃"了我吧。

　　紧张地和古怪前辈约好后，完成一项任务的释怀感让三步感到一丝安心。与之相反，古怪前辈则是爽快地离开了休息室。看了一眼时钟，还有一分钟就到上班时间了，三步立刻慌慌张张地打了卡，好险。

　　听说一认真工作起来，午休时间很快就会来临，但三步至今还未体会过这种感觉。今天也是度过了漫长的时间，算是完成了前半天的工作任务，三步和往常一样准备退回休息室，脱下工作围裙去吃午餐的时候，脖子被人抓住了。

　　"那位小姐姐，赏脸一起吃个饭呗！"

　　惊讶地回头，三步看到古怪前辈神经兮兮地闪亮登场。站在一旁的可怕前辈没什么特别的反应，快速地脱掉了围裙。要是平常的话，三步可能还希望可怕前辈能趁机逗弄一下自己，不过今天还是算了吧。被古怪前辈就这样揪着脖子，来到储物柜前，换好各自的防寒外衣，接着又被古怪前辈用绳子拉着出了图书馆。别当真，这里的"绳子"只是个比喻。

　　寒冷中，三步缩着脖子小步跟在前辈的身后，大概八分钟后来到了一家光从外观看就已经很不错的咖啡店。

　　"这里来过吗？"

　　"没有来过。"

虽说是大学附近，但周围都是普通的住宅区，要不是有人带路，估计永远都不会知道这个地方吧。

"学生、图书馆的同事们都不会来这里，我也是偶尔才会来。"

推开看上去很重但实际上并非如此的店门，一走进去就闻到咖啡的香味和淡淡的香烟味。以白色为基调的咖啡店内，只有两位一边喝着咖啡一边闲聊的大妈。女服务员的声音和店内背景音乐一样温柔宁静，在她的带领下，两人在靠窗的位置入座。

入座后两人各自打开菜单，意大利面、三明治、汉堡肉等都有，这让从刚才开始肚子就不停叫唤的三步立刻充满了食欲。而且价格也非常实惠，这让三步的钱包欢呼大笑。

"选好了吗？我要蔬菜三明治。"

"啊？那个，那我要，我要汉堡……啊，不对，那个，还是要咖喱烩饭吧！"

本想点汉堡包套餐的三步突然想到要一边拿刀叉将汉堡切得乱七八糟，一边和前辈商量事情，觉得似乎不是太好，于是关键时刻改变了主意，好险。虽然不知道咖喱烩饭会不会好点，但只用勺子的话应该不会太影响说话吧。除此之外，因为昨天想吃比萨，所以今天突然想吃咖喱的味道了。三步最推荐的就是蒙特雷系列①的咖喱味比萨了。

　　向店员下完单，很快橙汁和冰咖啡就被端了上来。三步心想，再给我些时间想想如何开口就好了。

　　不该埋怨店员，反正已经端上来了。接下来该怎么办呢？思考着的三步不自觉地噘起嘴，结果古怪前辈将还未开封的吸管就这样插了进来。不是用吸管指着，而是将吸管插进三步的嘴里！！

　　"是关于上次翘班的事吗？"

　　三步早已忘记被吸管插着的事情，震惊地不停点头，结果吸管刚好又插进自己的鼻孔里。

　　"啊，对……对不起，换个吸管吧！"

　　拿出插在鼻孔里的吸管，三步将自己的递给了前辈。虽然是前辈先用吸管弄自己的，而且也没有打开，但总不能让人用曾插在自己鼻子里的吸管吧。

　　"嗯。"

　　"然后，啊，对，对，是的，是上次翘班的事情。"

　　"我不会和任何人说啦。"

_____

① 指日本最大比萨外卖连锁店之一的 PIZZA-LA 开发的具有代表性的比萨系列。此系列之所以深受欢迎，在于食材的量足，以及可从番茄、咖喱、肉酱这三种酱汁中选择自己喜欢的。

古怪前辈带着一脸的笑容点点头，尽管有隐藏，但语气中多少还是显出了些不耐烦。

三步的身体顿时紧张地绷住。

"不，不，我不是要让您保密，那个，虽然很感谢您没有说出去，但我不是想和您说这些。"

"那是什么事？"

"那个，我是想向您请教一下，那个，我现在是不是应该向大家说实话？"

说出来了，终于说出来了！总算是将自己现在十分苦恼的事情说了出来！

三步想过，自己内心中的各种纠结是来自罪恶感，如果是这样的话，实话实说，承担结果，是不是就能消除内心的纠结了呢？一定可以的吧！

那只要鼓起勇气说出来，然后道歉就好了呀！之所以现在还没有这么做，是因为内心中还有一个疑惑：实话实说真的就能解决问题吗？

承认犯错，被大家教训一顿，然后让自己得以解脱，这样是不是太自私了？生气的时候，人是要消耗体力和精力的。要是有同事因此更不喜欢三步的话，那也是自己让那些人消耗了他们讨厌人的能量吧？当然三步也是真的怕被教训，怕被讨厌，所以不想说实话。但同时，也希望让大家知道自己想被教训，并且自己不是像大家所想的那样是个好孩子，从而让自己得以解脱。

虽然思考过到底哪种才是自私，但三步终归是想不明白的。因为想不明白，所以才想和唯一知道这个秘密、那天也算是帮过三步的前辈商量。

三步简明扼要地向前辈道来，然后迫切地想知道答案。

听完三步一席话的古怪前辈先用吸管喝了一口冰咖啡，在给三步建议之前，叹了一口气。

"哪种都行啊！"

"都行……"

"按照你想做的去做，不就行了？"

"话虽然是这，这么……"

咬到舌头了。

和期待的不一样，面对古怪前辈随意的回复，三步不禁困惑。咦？难道选错人了？果然不应该找平常在心里叫她古怪前辈的人来商量。但如果仅凭这点对话就乱下结论，还是太失礼了，于是三步决定尝试将话题进行下去。

"我就是不知道自己到底想做哪个。"

"但你那个时候想翘班不就做了吗？"

"啊，对。"

"然后不想被教训，所以就撒了谎。"

"嗯……嗯……"

呃……肚子又痛了。

"那不就行了？反正也没人困扰。那天虽然人手不够，但刚好是学校的创立纪念日，图书馆几乎没人来，不是吗？"

当时自己也确实这么算计过。但事情并非这么简单，令三步真正感到苦恼的并不是自己给谁带来了困扰。

"你自己已经反省了，那不就行了，没必要苦恼吧？"

"自己对自己感到失望，想做点什么让自己好过。"

所以，没错，想被教训，想让自尊心和周围人的评价实现平衡。一旦平衡了，人就会解脱了。就像自认为是天才的时候，刚好有人称赞一样，人就会很开心、很快乐。不过三步每次认为自己是天才的时候，几乎没得到过身边人的任何评价。

"我在想，要怎么做才好呢？"

听着不得要领的话语，古怪前辈面对正抱头苦恼的三步，"噗"地发出了声音。

三步不禁抬头，盯着古怪前辈的脸，看着前辈面带微笑地说："真拿你没办法啊！"然后再也不去刻意隐藏不耐烦的样子，挠了一下鼻头说道：

"那个啊……"

"嗯，嗯。"

"虽然你说你对自己很失望……"

话才说了一半，三步已经开始不停地点头了，感觉接下来前辈似乎会给出一些自己绝对想不到的建议。

"是的，是这样。"

"没事的啦！"

因为大家都很喜欢三步啊。

"而且比起三步你对自己失望，我对三步你更失望哦。"

"……什么？"

呃……

虽然很古怪，但从一起共事起，总是微笑待人，还教会三步很多东西的古怪前辈，实际上人很不错的。然而这样的前辈突然像宣誓一般说对自己感到失望！！

三步不禁咽了一下口水，自我消化了一下前辈说的话，然后看着前辈说道：

"啊，这……这样啊，不过也是啦，偷懒翘班的确让人很失望啊！"

"不是啦！"

啊，理解错了。古怪前辈苦笑着不停地在面前摆动双手。

呃，胃有点消化不良。

"自从三步来图书馆，我就一直对三步没大有好感哦！"

"啊？？什么？？"

"比如，不管被教训过多少次，总是会犯同样的错误；又或是思考奇特，总是做出些让大家困扰的举动；还有就是总是发呆，但即使如此，其他人居然还很喜欢你，我也是对他们无话可说了。"

啊！难道这个意思是……三步不禁开始揣摩古怪前辈话语背后的意思。

"话说这不是因为爱你才故意看你不爽的哦！"

啊，又错了。

"虽然某位魔鬼教官觉得三步你傻乎乎的，可爱到不行，但我不是。我不喜欢像三步你这样的孩子。"

"不，不喜欢……"

"是的。"

"也不讨厌？"

"这个嘛，你猜呢？"

还有比这更残酷的竞猜吗？那么问题来了，眼前这位职场前辈讨厌我吗？

"请等……等……等一下。"

又没人催促，三步却慌张地请求延长答题时间。这个时候咖喱烩饭刚好被端了过来，为了让自己冷静下来，不管三七二十一先大吃了一口。好烫！怎么可能静下来嘛！

咦，怎么聊这个话题了？我想商量的内容去哪儿了？

为什么突然聊起了喜欢不喜欢的问题？

说实话，三步早就知道自己不是那种会被大众喜欢的类型。

对某个人来说，自己这种随意、迷糊的性格很让人生气。对另外一个人来说，平常那么胆小，但有时又贸然做出大胆行为的自己，很令人无奈吧。因为说话总是咬到舌头，曾被人说过很烦，也有人说过实在看不下去自己如此贪吃。脸也好，声音也好，发型或者身高也好，肯定存在一些从生理上就无法接受自己的人吧。人不可能无条件喜欢一个人，三步明白这个道理，所以也想过图书馆里会有不喜欢自己的人。同时也明白，因为大家都是成年人，所以只在表面上交往的人也是存在的吧。

就算如此，有必要当着本人、当着今后还要继续共事的当事人说大实话吗？真不知道前辈是怎么想的。

另外，这和之前的谈话到底有什么关系？

三步想到了一个不是太好的原因。

"那个，因为讨厌我，所以是想让我快点辞职吗？况且我还翘班。"

原来如此，古怪前辈早上说的话是另有含意的啊！

"不对不对。"

又错了。

"咦?·那……那为什么呢，突然说不喜欢我？"

疑惑一点点在内心浮现，同时伴随着一点点害怕。就算明白，也会害怕。三步对被人讨厌的感觉感到害怕。刚才古怪前辈说过，其他的同事都很喜欢三步。被人喜欢的快乐能削弱被人讨厌的恐惧，却不能消除这种恐惧。

古怪前辈咬了一口和咖喱烩饭同时上来的蔬菜三明治，然后用让人很紧张的说话方式开口道："这个嘛……"

"可能是对没什么大事还纠结烦恼，甚至把我叫出来的三步感到不耐烦了吧。"

"啊？"

"还有就是……"

前辈吃了第二口。

"我想说，翘班这种事并不是什么大的罪恶。我虽然的确不是很喜欢三步你，但要是哪天有人问我是什么时候开始喜欢三步的，我会回答是你翘班的那天，你说谎，还用眼睛暗示我保密，我成为共犯的那天。"

我用眼睛暗示了吗？可能暗示了吧。先不管这个，三步的耳朵、大脑和心早已被前辈何时开始喜欢自己的话题吸引了，为什么？

"这个孩子原来还是会耍小聪明的啊，放心了。在那天之前，我都认为三步你是所谓的那种天真的孩子。当然，我本身就很讨厌'天真'这个词。"

"啊，这个，这个我也一样。"

虽然不知道有没有到讨厌的程度，但三步也不是很喜欢这个词。

原因就和古怪前辈认为的一样，活到现在自己已经被别人无意识地说过很多次天真了，但至少自己认为是认真思考地生活着的，绝不是在什么神灵的庇护下，什么都不想地生存着。说什么天然纯真？我们不都是父母共同创作的人工产物嘛。在一次大学聚会中，三步借着酒劲将这个想法不假思索地说了出来，结果让大家避而远之，虽然之后再也没说过这种话了，但三步至今都认为自己的想法没有错。

因为能本能地耍小聪明而感到安心。但是，讨厌天真。也就是说，因为会撒谎的后辈不那么天真，所以就变得喜欢自己了？

那因为本能地耍了小聪明，所以现在苦恼纠结，自己到底是想怎样呢？三步困惑地晃动着自己的脖子。

"啊！"

"怎么了？"

"那么，那个，之前前辈说'三步也会做狡猾的事情呀'，这句话，是什么意思呢？"

三步以为前辈是故意讽刺自己才说的，是想提醒自己谎言被识破了。

"我说了这句话吗？可能就是感到意外而已吧。"

是这样的啊，三步松了一口气，但很快发现前辈的话不过是个引子。就算自己不天真，会耍小聪明，也改变不了自己已经翘班的事实。

"所以说翘班不是什么大的罪恶，意思是？"

因为三步想比较有逻辑地思考，所以即使当下的对话没什么逻辑，三步也还是会用一些不需要的"所以"或者"即使"，这不是天真，只是不擅长聊天。

"我还是觉得翘班、耍小聪明不是好事。"

对的，如果不是坏事的话，那之前凭什么在心里谴责那些耍小聪明的人呢？

"那算是坏事也行哦。"

前辈变幻莫测，所以才能这样愉快地和自己都不喜欢的后辈交流吧。回想一下，不禁令人有点想哭。但是仔细一想，其实从之前的对话中多少也预感到一些前辈的善变了吧。话说，和这位古怪前辈只在上班的时候说过话，但从来都不知道前辈在想些什么。

"但是，要让我说的话，就算三步不是天真妹，你也一直在做更狡猾的事情哦。"

"嗯？"

什么意思？

更狡猾的事情？比翘班，撒谎说自己身体不舒服，然后让同事们担心的事情还要耍小聪明的事情？还说自己一直都在做，三步不禁歪头思考。

狡猾的事情……没有按照规定的日子，提前倒垃圾的事情？在超市专门挑选保质期比较久的东西？上班的时候，趁大家不注意偷偷看手机的事情？

仔细想想，狡猾的事情是经常做啦，不过很难说这些事情比翘班还狡猾吧，也不是一直都在做。

"你不知道是什么事吗？"

"不，不知道。"

"活到现在，因为是三步，所以才被原谅的事情，总有吧？"

因为是三步……

"这不是很狡猾吗？"

三步思考了一下。

三步是被这样说过，而且是很多次，虽然不知道和被说天真的次数哪个多。

已经迟到了哦，啊，三步的话就算了。

忘记拿资料了？就知道三步你会这样，所以我多拿了一些哦。

因为这次的负责人是三步，所以大家一起帮忙，共同完成吧！

的确被这样说过，三步也觉得很不好意思。然后，也很感谢大家真的对自己很好。但是，的确，仔细想想，"因为是三步"，这句话的意思……

如果是其他人，就不行的意思。

也就是，只有自己在被关照的意思。

而自己理所当然地接受了。

正如前辈所说，这不就成了更狡猾的事情嘛。

"哎！等……等一下，我可没想把你弄哭啊！"

"我没哭。"

只是眼眶湿润，还没到哭的程度，按照三步的判定标准，眼泪流下来才算哭。现在忍住的话，还来得及。为了给自己的心和泪腺打气，三步大口吃着咖喱烩饭。然而，好烫！胃里瞬间滚烫。

古怪前辈有点为难地边笑着，边叹气地说："真拿你没办法……"虽然感觉并不是不耐烦，但当着被自己弄哭的后辈的面叹气这种事……

叹气声触动了三步的内心，这人到底是要怎样啊？虽然一直以来对自己还不错的前辈竟然不喜欢自己，这让三步感到十分悲伤，还有意识到之前有很多事情是自己没做好，为此备受打击，但不知为何，三步现在很想发火。

当然这是乱发脾气，啊啊！就算是乱发脾气吧！这一周，在厌恶自己的情绪中，纠结地度过每一天。就在自己无能为力的时候，又被人点出自己更多让人讨厌的部分。三步不禁在心里默默想着要好好反省，以后要做得更好才行，然后又开始讨厌自己了。但是有必要现在特意说出来吗？后辈现在正在烦恼，想找你商量解决方法啊，前辈！你说耍小聪明不是什么大事是因为我一直都在耍小聪明，所以觉得现在竟然在为这个烦恼的我很傻，是不是？对对对，这是不是有点过分了？

"前……前……前辈你不也是……"

"什么？"

"因……因为你是个怪人，所以有些地方也被大家原谅了不是吗？我……我一直都认为前辈你很古怪，所以即使你有时候说了一些很奇怪的话，我也会认为那是没办法的事情啊！"

三步打算反击，不是想让前辈受伤，也不是想让前辈道歉，只是太过生气了，使出浑身力气，纯粹地想要反驳而已。然而，古怪前辈只是轻轻地点了点头，承认了三步的主张："还真是这样呢。"

"就是这样生存的吧！我们大家……"

三步闭上了嘴。

"会耍小聪明，会说谎，但又必须活下去。不想觉得自己竟然是这么令人讨厌的人，所以才会对他人好，作为回报希望别人也对自己好。也一定会稍微自我反省，然后再继续活下去。至少我觉得能这样本能地生活下去就好了，喜欢能这样随着本能活着的人。"

咦？怎么那么突然？

"嗯，也……也是。"

就在三步想要张口说些什么的时候，前辈突然问道："你知道我最不喜欢哪种类型的故事吗？"……还真不知道。

"不知道。"

"是那种小孩子呀，或是来自异世界的，又或是不谙世事却能战胜各种困境的。那种绝对不会走偏路的人的价值观会让周围那些大人开始怀疑自己的故事，就好像会耍小聪明但很努力生活的大人是错的一样。很讨厌这样的故事。"

　　三步想到几本这种类型的小说或者漫画，但现在不是说这些的时候。就算其中有些是三步喜欢的书，也打算过几天再在读书会上推荐给前辈，不过有些话现在必须说。

　　"走偏路活着不好吗？"

　　"不，不一样。"

　　又错了。

　　"三步你不是也说了撒谎、翘班不好嘛，是不好的吧？一定，耍小聪明是不好的。但是自己能意识到，然后能自我反省的话，总不能说这样偶尔犯个小错生活着的人是错的吧，三步不是也认为自己做得没错吗？我虽然还不是很喜欢你，但是啊……"

　　认真说着话的前辈。从未见过如此认真的前辈。面对不喜欢的对方，直接说出不喜欢，这样古怪前辈面对不喜欢的对方也能全力做出灿烂的笑容，虽然也不知道是不是假笑啦。

　　"但是没有错哦，这点小聪明，前辈是不会揭穿你的啦！"

　　这句话，顿时让三步无法接受。

　　"干吗突然说这么伤人的话啦！"

　　"等……等一下，别哭啊！真的！说了半天就是这么个意思啊！"

　　"我没哭！！"

只是不知为何，突然间各种情绪爆发。

三步一边想着别和我开玩笑，一边觉得应该趁着这股冲动做些什么。要是顺势用头撞古怪前辈一下就好了，但三步只是拿起勺子，将剩下的咖喱烩饭一口一口往嘴里送，好吃，果然好吃。就在三步品味美食的时候，前辈发出惊讶的声音："你在干吗啊？好恐怖！"不管了，反正这个前辈还不喜欢我，感到恐怖也好，不喜欢也好，应该不是什么大问题。

嘴里塞满咖喱烩饭，不知为何，三步好像找回从前享受美食的感觉了。

"古怪前辈，我有个问题。"

"哦，怎么了？又忘记了？怎么这么健忘？"

和古怪前辈吵吵闹闹地你一句我一句，就连可怕前辈都很惊讶地看过来："你们这是搞什么？"不对，不是惊讶的眼神，而是"你们别给我做什么奇怪的事哦"的眼神。

"因为是三步，所以稍微逗逗你也没事的，对吧？"

"对啊，这个前辈是怪人，所以说你古怪也没事，对吧？"

两人这样回答后，可怕前辈呆若木鸡地说了一句"搞不懂你们在玩什么游戏"，然后继续工作了。

三步继续从不再刻意隐藏不耐烦表情、不喜欢自己的前辈那里学习有关工作的知识，仔细做记录，尽力不让自己忘记。

"以上的内容，请不要忘了哦，我可不像那位，觉得不会工作的三步可爱什么的哦！"

"这我明白！"

虽然三步不觉得可怕前辈觉得自己可爱。

"但是说实话，还是没有自信，要是我忘记了，还请告诉我！"

"真是麻烦！"

古怪前辈苦笑道。这表情，还有这话，可能是出自前辈的真心。这么一想，三步觉得稍微有点难过。但是就算是真心的，三步也没有想过不去接近前辈，不和前辈说话。可能因为三步很乐观、很天真，又或是少根筋，但好像又不是这样。

前辈方才的表情还有说话内容，都不曾在其他同事面前展现过。因为是三步，所以才展现出来的吧。也不会和其他人说"你真是个健忘的孩子"。话说，凭什么这么说我？真想给前辈一拳。

算了，因为是三步，所以才会以这样的方式，才会觉得不需要在三步面前隐藏自己的不喜欢吧，三步现在明白了。

既然如此……

三步定了一个大目标。

　　这也算是实现在这个图书馆里的梦想的第一步吧。

　　因为是三步，所以大家才会这样那样，也就是说，大家是关注自己的。

　　这样的话，只要让大家变得喜欢自己就可以了。只要让大家变成因为是三步，所以喜欢就可以了，多么美好啊！

　　这种想法要是被说太乐观、太天真、太随意，也无所谓，反正在通往梦想的道路前都是小事。

　　等梦想实现的时候，我要真心自豪地说：

　　"能作为三步，和你相遇真好！"

麦本三步　喜欢今天

麦本三步要是没睡着，那就是醒了。这本是不言而喻的事，但对三步来说，现在醒可并非她本意。所以三步现在想声明一下，这个时候能醒，对她来说不是理所当然的事。要是问三步是在向谁声明，估计她会说是某个表扬自己能按时起床的人吧。今天三步又要因为上班，不得不一大早离开温暖的被窝，深感不爽。说实话，原本是想睡到十点左右的。

在窗帘紧闭的卧室里，关掉提前响起的闹钟，缩在被窝中刷起了手机。从邮箱到推特，连每天无所事事也要翻一翻的网站都看完后，到了不得不起床的时候了，但身心都很沉重。其实身体没什么问题，心情也很好，可就是觉得麻烦，懒得动，好想一直裹着这舒服的被子啊！之前因为翘班，在随后的两周都非常认真地约束过自己，不过当初的热情早就不知去哪儿了。如今，三步一边认真地思考为什么不能和自己喜欢东西永远在一起，一边脸颊贴着床单依依不舍。

大学的时候真好啊，只要不选最早的课就可以睡到自然醒，然后看看手机，甚至顺手拿起看到一半的书，时间都绰绰有余。现在是怎样了呢？怎么上班后反而回到要靠闹钟唤醒的高中生活了？人生怎么往回走了？这么说，大学难道是人生的高峰时期，也是人生的转折点吗？

现在不是回想过去的时候，上班时间迫在眉睫。三步为了让自己挣脱被窝的诱惑，正在给自己蓄力。不是给身体，是在给大脑，集中所有的神经系统，想象起床后的画面。实际上昨天听前辈说今天早上会很冷，所以三步预想到今天起床要比平常更艰难，为此三步也准备好了对策。早已事先准备好了最爱的奶酪发糕当早餐，像接力赛一样，从喜欢的被窝里出来就可以吃到喜欢的食物，这就是三步的小秘诀。

奶酪发糕，奶酪发糕，柔软香甜，入口即化的奶酪，OK，起床！！

三步心意已决，一鼓作气地掀开被子，然后顺势坐起。啊，不行，果然好冷。起身后，立刻将设定好的空调温度升了两摄氏度。

干脆就披着被子去上班吧。不行吗？反正大街上不也经常看到有很多人穿着不知所谓的行头吗？那披着被子不也可以吗？这样想着的三步突然回想起以前因为太困，忘记换下睡衣就去上班，当意识到周围人诧异的眼光时，恨不得找个地方躲起来的经历，太丢脸了。这就是三步的黑历史啊！

最终，三步还是没能一鼓作气地离开被褥。那就退一步，只用毛巾被裹住身体，站在床上先拉开窗帘。天气晴朗，虽然雾气没有弄湿窗棂，但辐射冷却①现象看来很严重，外面应该好冷呃，好想回到被窝里啊！

要是这样想着，也这样做了，那就完了。三步裹着毛巾被像蓑衣虫一样挪到餐桌前坐下，将桌上的奶酪发糕拆开后又立刻站了起来，忘记拿喝的了，缩着脚趾在地板上挪动着来到厨房。尽可能不将手从毛巾被里伸出来，慢腾腾地往电水壶里灌满了水，按下了开关。

咕噜咕噜，发出像是在汇聚能量的声音。不知道用电水壶能不能做出豆腐皮呀？不过用筷子挑起豆腐皮的时候，好像容易烫到哦。就这样盯着黑色水壶乱想的时候，水开了。拿出之前从在出版社工作的好友那里收到的杯子，放入茶包，注入热水，三步喜欢看着茶包被热水慢慢浸泡的过程。就好像是泡澡时血

---

① 指物体通过辐射散去热能的过程。在气象学上，天朗气清、微风及干燥的情况下，较有利于辐射冷却。物体通过辐射所放出的能量，称为辐射能，简称辐射。

色渐渐恢复，光看着就觉得浑身暖和了起来。也好像偶尔去钱汤①泡澡时，将身体交托给浮力后，浸泡在温泉水中的自己。今天要是不去上班，而是去钱汤，那该多好啊，所谓人生就是这般无奈吧！

随着热水的浸泡，红茶的成分慢慢被释放。不用想，三步把茶包放入杯子时，又忘记把线头留在杯外了，所以现在只能先用叉子挑起来，再用手取出。但因为热气，手一松，茶包又跌回了杯中。再一次用叉子挑起线头，茶包在热水中上下浸泡了一会儿后取出，连同叉子一起放在了水槽边，等冷却了再丢进垃圾桶。重新回到餐桌前，放下杯子入座，三步的早餐时间终于开始了。三步看着已经被打开的奶酪发糕打趣道："哇，是谁这么好，已经帮我打开了呀！"然后搅拌了一下泡好的红茶。伴着哧溜哧溜的声音进入体内的红茶甜中带苦，热气十足地让三步的身体充满了能量。令人感动的一口哇！就在最冷的季节可能快要结束的一个清晨，一杯红茶就能令人如此幸福，那要是在极寒之地，能喝上最高级的奶茶的话，岂不是要感动至死？死因是什么呢？凶器就是这份极致的温暖吧！

总之，全身被红茶的温暖和渐渐制热的空调散发出的热量

---

① 日本的付费公共浴池。——编者注

包围住的三步，一鼓作气地将毛巾被脱掉。就像破蛹而出一样，嗯……还是很冷，但还算能忍受。三步将毛巾被弄成一团丢回床上，决定依靠自己抵抗严寒，再见了毛巾被。

三步双手轻拢着杯子，靠着热气取暖，因为握得太紧会烫到手，所以正似碰非碰地享受着温暖。

指尖差不多暖和的时候，重新拿起了奶酪发糕，从袋子被拆开的地方将手伸进去，轻轻捏着发糕。软软的发糕，要是用力拉出来被压扁的话，就会损坏那份软绵绵的口感。慢慢将发糕抽出后，就看到那令人称奇的全貌。

同时，被封闭在袋中的香味随之飘散出来，诱惑着三步的鼻子和肚子。闻着诱人的香味，想着要是能发明一种散发出这种香味的闹钟就好了，但一想到在醉酒后的早上闻到这个味道估计会吐，就还是算了。再说，一直以来走文科路线的三步也没这个本事。

轻轻撕掉发糕周围的薄纸，虽然很小心，但桌上还是撒满了碎屑。三步用双手小心翼翼地拿起，终于朝着最爱的食物大口咬了下去。

"嗯……嘿嘿嘿，太好吃啦！"

让人情不自禁地发出幸福笑声的美味。软软的，甜而不腻，入口即化，口齿留香，三步又一次拜倒在奶酪发糕的魅力之下。

只吃了一口就比刚才更有元气的三步，又吃了第二口、第三口……享受着美味，不禁发出幸福的感叹。

因为美食已经完全清醒的三步，拿起桌上的遥控器，打开了电视，刚才还像密室的室内仿佛有空气流通一般。实际上没有，还是很冷。

换了一圈频道，最终选择了介绍新春甜品的节目。三步喜欢甜食，不太喜欢评论类的节目。

对有什么好吃的感兴趣，对去评论那些都没有见过的人正确与否完全没有兴趣。

甜品节目正在介绍百货店地下美食街的草莓蛋糕，看上去很好吃的样子，但百货店太远了，下班回家的时候，顺便去便利店买个蛋糕吧。最近的便利店的蛋糕，水准都很不错，之前吃过的巧克力蛋糕太赞了，怎么会那么好吃，这工厂里需要几位甜品师呀？

想着这种傻傻的问题，突然一大块发糕掉在了地上。三步想要立刻拾起来，没想到额头撞到了桌边，好疼！

可惜，一个人生活的家里连个来嘲笑一下自己的人都没有。三步捡起碎屑，摸着自己的额头，继续咀嚼着已经放入口中的发糕。

突然间想起大学时被大家戏称专门负责吐槽三步的朋友，

不是送给三步杯子的朋友，而是另一位个性爽朗的女性朋友。

"嗯呜……好吃！"

面包的甜味布满口中，只是想着喜欢的东西或人，三步就觉得即使有不快乐的事情，也能变得幸福。经常被朋友提醒要注意自己的一些愚蠢行为，三步也是喜欢的。虽然进入社会后，三步每天都会被教训，但这和朋友的提醒不一样，那是包含爱的吐槽。三步喜欢的朋友绝不会真的嘲笑自己傻，犯糊涂。虽然在现在的工作中并没有被真正嘲讽过，但总是会在工作内容上出错，所以总是会被骂，这让三步很想哭。

三步一边想着今天会不会被骂，好讨厌啊，一边悠闲地喝着红茶。要说究竟什么让三步能如此悠闲，那就是想起经常教训自己的前辈，明明不生气的话就很可爱呀，想象着前辈穿着绝对不可能穿的萝莉装在书架间来回走动的场景，三步不禁微笑。

虽然没太把前辈当回事，但被教训也真的是非常讨厌。被前辈们如此认真地教训，在进入社会之前还真没有遇到过。高中、大学，上课时基本上只要乖乖的就不会有什么事。大学的时候出去打过工，也没有被怒斥过。但那又怎样呢，长大后经常被各种教训。虽然已经不是孩子了，但也还是希望能更多地被表扬，从而进步成长呀！

　　三步不禁怀念着，果然还是以前好啊！又将发糕蘸了一点红茶，放入口中咀嚼，三步不禁觉得自己好会吃呀！

　　看着电视，想着已经是春天啦，好快啊这一年，竟然有些伤感，但并不讨厌时光的飞逝。因为三月的长假已经和朋友约好出去玩了，三步期待着那天能尽快到来。

　　差不多要准备出发啦，三步像是在给自己打气一样，将剩下的发糕塞进嘴里，站起身。以前会在快要出门的时间才开始随便准备一下，但自从因为睡衣迟到事件被教训后，就听从前辈的忠告，提醒自己稍微提前一点做上班准备了。那个时候，前辈是这样说的："就算是乌龟，要是先出发的话，也是能和没有偷懒的兔子一较高下的哟！"什么一较高下嘛，至少还是希望可以赢过兔子！而且一般会把后辈比作乌龟吗？

　　不敢当面反驳的三步一边整理着翘起的头发，一边对着镜子吐舌。我的舌头可比乌龟要长，能碰到鼻子呢。

　　别再做傻事了，赶紧刷牙。三步刷牙的时候无法原地不动。一边刷着牙，一边在房间来回走动，突然看到昨天放在邮箱里的超市特卖传单落在地板上，捡起来仔细阅读。

　　"布丁，打折！"含着牙刷口齿不清地复述着，三步立刻决定了今天的回家路线。这个价格的话，买三个都可以啦，好期待。

　　刷完牙，三步做好心理准备，吞了一口唾沫，迅速脱掉睡衣睡裤，将它们同时丢到床上，快速打开衣柜，拽出衬衫和毛衣外套。快速穿完上衣，就在迅速拿起米色裤子抬脚时被绊倒了。忍着手肘的疼痛，就这样躺着穿上了裤子，虽然是侧卧的姿势，但也算是完成了出门前的大部分准备。

　　慢慢站起身，感觉手肘发出了咔咔的响声，还沾上了灰。灰尘用手拍拍就没了，疼痛感却没有消失，但换衣服时并没有感到太冷，真是太好了。

　　三步摸着手肘坐在椅子上，接下来化好妆就完成了出门前的最后一道工序。今天偷懒没有准备便当，所以化妆是最后一项准备。三步非常嫌麻烦，而且做事不是很细致，但实际上并不讨厌化妆。不会复杂的，所以很享受化自然妆的时光。三步并不热衷于将自己的脸化得更美，只是希望什么时候能不只是停留在化深色的口红、眼影，而是像职业摔跤选手一样，完成一次完整并且专业的妆容。三步觉得自己现在就好像在实现梦想的路上，不禁感到兴奋。

　　当然这可不是空话，现实中三步也是希望能通过化妆掩盖外貌上的一些小缺陷。三步从没觉得自己的娃娃脸会让自己被认为很孩子气。尽管同事大姐大们都说三步很可爱，但三步觉得，这词不是用来夸毛绒玩具的吗？当然，这话三步是不敢当面说的。不过化妆的话，比起素颜，三步觉得能变得稍微成熟一点。在那些说三步可爱的前辈面前，只能闭口不谈自己其实一直都化妆……

不擅长的化妆也终于搞定了，看了一眼电视机上的时间，离出门还有七分钟，时间充足。不管怎样，排除了一大早因为迟到被教训的可能性，三步不禁感到开心。

坐在椅子上，喝着剩下的红茶，三步就这样发呆地看着电视。并不是没有事要做，只是三步喜欢这种无所事事的时间。早上，提前做好上班的准备，多出来的这部分时间就像是对自己的奖励一样，这段美好的空闲时间是三步自上班以来的众多初次经历之一。

三步想象着即将来临的今天。

今天能不能不犯错地顺利度过呢？会不会被教训呢？

早上图书馆的空气一定很棒吧！今天午餐选什么呢？爱生气前辈午餐时拿筷子的方式，不知道今天能不能看到？还有还有，晚餐吃什么呢？对了，不要忘了买布丁！啊！对了，今天喜欢的歌手要上音乐节目……

脑海中不停想象着的三步突然发现，好像令人快乐的事情还蛮多的，就连觉得上班如上刑场的原因都忘记了。

"嗯……"

只要想着令人期待的事情在前方，上班就会像美味的奶酪发糕接力棒一样，变得令人期待了吧！因为有很多喜欢的事情，所以一直窝在被子里有些可惜，那么今天还是去上班吧。

这样想的话，今天之后的日子突然令人期待了起来。

大学时代确实很好，但就像之前吃过的巧克力蛋糕一样，当时的味道已经不在舌尖上了。

如果想再回味那种味道，就只能再去买来吃，而能完成这个心愿的只能是活在今天的自己，因为想吃的是当下的自己。

人生一定没有转折点。

今天也只能向前进，否则无法去体会今天之后的各种美好。

三步决定，要是超市里有的话，回家的时候顺便把巧克力蛋糕买了。然后起身，已经过了八分钟，该出门了。

拿起遥控器，对着电视机，刚好看到画面上一位正在接受采访的小学生正面对着镜头，非常努力地介绍着自己喜欢的零食。虽然最后除了知道这个孩子最喜欢巧克力，没能了解到其他的信息，但三步已经充满了对巧克力的期待。一边想着果然还是要买巧克力蛋糕，一边关掉了电视。

没发生什么大事。

没有不可思议的神秘事件，也没有翻天覆地的大事，更没有超乎现实的梦幻事件。

　　三步觉得生活的每一天可能就是这样没有变化的轮回吧。但如果可以的话，三步希望自己不要总是在意那些不喜欢的事情，而是多说多想一些自己喜欢的事情。

　　麦本三步就是这么一个时而谦虚认真，时而偷懒享乐，到处可见的普通人而已。

　　那天，三步发现自己之前犯下了一个错误，却辩解道："那是过去的自己做的事，和现在的我无关吧！"结果又被狠狠教训了一顿……

　　麦本三步的日常，未完待续。